LIBERACIÓN

Sándor Márai

LIBERACIÓN

Traducción del húngaro de
Mária Szijj y J.M. González Trevejo

Título original: *Szabadulás*

Ilustración de la cubierta: Roger Viollet / Cordon Press

Copyright © Heirs of Sándor Márai, Csaba Gaal, Toronto
Copyright de la edición en castellano © Ediciones Salamandra, 2012

Publicaciones y Ediciones Salamandra, S.A.
Almogàvers, 56, 7º 2ª - 08018 Barcelona - Tel. 93 215 11 99
www.salamandra.info

Reservados todos los derechos. Queda rigurosamente prohibida, sin la autorización escrita de los titulares del "Copyright", bajo las sanciones establecidas en las leyes, la reproducción parcial o total de esta obra por cualquier medio o procedimiento, incluidos la reprografía y el tratamiento informático, así como la distribución de ejemplares mediante alquiler o préstamo públicos.

ISBN: 978-84-9838-423-9
Depósito legal: B-9.433-2012

1ª edición, abril de 2012
Printed in Spain

Impresión: Romanyà-Valls, Pl. Verdaguer, 1
Capellades, Barcelona

Liberación

1

La decimoctava noche después de Año Nuevo —la vigésimo cuarta jornada del asedio a Budapest—, una joven decidió abandonar el refugio antiaéreo de uno de los grandes edificios céntricos sitiados, para ganar el otro lado de la calle, ya reducida a un campo de batalla, y llegar a cualquier precio hasta el hombre que llevaba cuatro semanas escondido junto a otros cinco en un angosto sótano tapiado en el edificio de enfrente. Aquel hombre era su padre, a quien la policía secreta seguía buscando con especial celo y escrupulosa saña incluso ahora, en el caos y la desintegración final.

La joven no era ninguna heroína, al menos no se consideraba como tal. Hacía semanas que se sentía presa de un cansancio terrible: el cansancio que deriva de un esfuerzo físico descomunal, cuando el alma aún cree poder soportar las penas pero el cuerpo se rebela sin avisar, el estómago se revuelve y todo el organismo queda tan impotente como si lo hubieran envuelto en un sudario de plomo. Es el mismo cansancio extremo y cercano a la náusea que se experimenta en ciertas jornadas estivales de feroz canícula y humedad.

La joven tenía sobradas razones para estar exhausta: llevaba mucho tiempo sin hogar fijo y su padre se hallaba en peligro de muerte. Hacía diez meses que estaba escondido junto a otros hombres perseguidos, clandestinos, que en aquel mundo ya en desintegración buscaban techo, un refugio provisional por una noche. En las últimas semanas ella misma se había visto obligada a vivir oculta, «al margen de la ley», ya que en la facultad, donde cursaba el último semestre, había desobedecido a los comandantes alemanes negándose a subir con sus compañeros de curso al tren que llevaría a los universitarios a Alemania para «salvarlos» de los rusos. De manera que ahora también se consideraba una especie de desertora y vivía escondida con documentación falsa. Pero, como a muchas otras personas, detalles tan nimios no la preocupaban demasiado. Los rusos ya habían dejado atrás los suburbios y combatían en las manzanas del centro de la ciudad.

Según esos falsos documentos —proporcionados por la hija de una mujer de la limpieza de la facultad—, la joven se llamaba Erzsébet Sós. Según esos papeles, tenía veintitrés años y era enfermera de hospital; para un observador superficial, todo ello podría coincidir a grandes rasgos con la realidad. Sin embargo, por mera casualidad, sólo coincidía el nombre de pila: la joven, en efecto, se llamaba Erzsébet. En aquella coincidencia había visto una señal divina, un benévolo viático: no tendría que sustituir con otra letra la inicial bordada en su ropa interior, lo que la alegró mucho, pues ya no disponía de más prendas íntimas que las que llevaba puestas.

En ocasiones, en momentos más tranquilos y lúcidos —ya que en las últimas semanas, sobre todo en las cuatro últimas, desde que ocultaron a su padre en el sótano del edificio de enfrente, se sentía como una enferma febril, sólo capaz de juzgar y tomar decisiones con sentido común a determinadas horas del día—, le parecía ridículo el cambio de identidad y haber recurrido a documentos falsos: ridículo, estúpido, fruto de una preocupación excesiva y un celo superfluo, de un querer darse demasiada importancia. Al igual que todos los que en los últimos meses, tras la ocupación alemana, se habían visto obligados a ocultarse, Erzsébet había aprendido los ardides de esa forma de vida, pero también que en tal situación, más allá de la obligada cautela, era el ciego destino el que velaba por uno.

La gente se escondía durante meses, provista de documentos impecables y una precaución casi escalofriante, pero, de pronto, un buen día a las cinco de la tarde, una especie de crisis nerviosa la impelía a abandonar su refugio, salir a la calle, ir a la cafetería de siempre o a un cinematógrafo, echándose así en los brazos de la policía o los esbirros de la secreta. Y, en efecto, eran detenidas o no, y no había en tal caso una verdadera razón. Erzsébet había acabado por sospechar que ni el partisano más precavido podría prever lo que pasaría.

Además, esos partisanos, en su gran mayoría, se daban muchos aires; había algunos a quienes nadie perseguía en serio, y que más bien buscaban una coartada ante sí mismos, de cara al mundo y los tiempos venideros, para demostrar que en aquella época aciaga habían estado entre los perseguidos. Respecto a Erzsébet, ella sabía que podía salir tranquilamente a la calle. No obstante se escondía; porque en esas fechas su solo apellido era una provocación para los esbirros del régimen.

Naturalmente, Erzsébet no se llamaba Sós. El problema estaba en el apellido del padre, aquel nombre conocido y respetado en todo el país, el del profesor y científico que en los últimos años la prensa colaboracionista citaba con odio recalcitrante y creciente sed de sangre, y del que los nuevos dirigentes abominaban en los mítines políticos. El nombre del padre, que también llevaba Erzsébet, ese nombre conocido y respetado más allá de las fronteras, en todo lugar donde la gente aún fuera capaz de juicios imparciales y reflexiones científicas, ese nombre no podía ahora llevarse abiertamente.

Erzsébet Sós sabía que su persona no corría mayor peligro. ¿Quién en el caos reinante iba a preocuparse por una joven? Su único delito era no haberse ido a Alemania con los estudiantes evacuados, pero ¿acaso lo sabía alguien? Apenas unos cuantos funcionarios de la facultad, nadie más; y esas personas —si es que seguían en Budapest— ya no iban a ponerse a investigar el paradero de una estudiante. El destino personal de Erzsébet no importaba a nadie.

Pero el apellido del padre, incluso ahora que la ciudad ardía por los cuatro costados y los rusos luchaban calle por calle, casa por casa, contra los alemanes y los cruces flechadas húngaros, acosados en su retirada, ese apellido seguía irritando a los fascistas. Pese a que no estaba vinculado a ninguna acción política, en los últimos años se había convertido en una señal de alarma para aquéllos. Aquel hombre, la vida solitaria que llevaba, su labor científica, libre de todo interés práctico cotidiano, provocaba la cólera y las agresiones de sus colegas investigadores y de los políticos; en los últimos tiempos, su nombre también se había convertido en objeto de odio para el hombre de la calle.

¿Por qué? Erzsébet había asistido a muchas discusiones sobre la cuestión, y leído artículos y panfletos escritos por sus adversarios, pero nunca había logrado extraer ninguna acusación concreta de aquellas feroces invectivas. Decían que era de izquierdas, lo acusaban pérfidamente de simpatizar con los ingleses, con los judíos, de que era pagado por unos u otros, de que había llegado a acuerdos secretos con Moscú, de que había traicionado los ideales nacionales húngaros, incluso a la ciencia... Pero su padre no militaba en ningún partido político, sus amigos de izquierdas le echaban en cara precisamente su reserva cautelosa. Tampoco frecuentaba reuniones clandestinas; entre sus amigos había judíos, pero asimismo muchos otros que no tenían ningún vínculo con la comunidad hebrea, y también en la cuestión judía, al igual que respecto a sus ideas políticas, tenían opiniones distintas y discutían acaloradamente con el científico. Pese a ello eran amigos...

Y luego estaban los demás, los que simplemente lo odiaban. Escribían y hablaban de él como si de verdad organizara partidos y ejércitos clandestinos, como si mantuviera contacto directo con los aliados, como si hubiera traicionado o vendido el país. Erzsébet sabía que todas eran acusaciones falsas.

Su padre era astrónomo y matemático, y en los últimos tiempos parecía mucho más interesado en los secretos del cielo que en los sucesos de la tierra. De los judíos opinaba que eran seres humanos como todos y no se debía condenarlos o castigarlos por su ascendencia; personas que podían cometer los mismos errores que cualquiera y sólo debían ser juzgadas por dichos errores, no por su origen. Pero desde que los judíos eran perseguidos como alimañas había dejado de mostrarse prudente en el asunto: compartía su hogar y sus rentas con los perseguidos. Erzsébet sabía que su padre ayudaba por igual a estudiantes polacos o serbios y a intelectuales franceses que la vorágine de la guerra había arrastrado hasta Hungría, un país que desde la ocupación alemana ya no era una patria, sino un coto de caza en que se enfrentaban perseguidos y perseguidores.

El padre estaba entre los perseguidos. El día de la ocupación —Erzsébet recordaría toda su vida aquella mañana de domingo—, los hombres de la Gestapo habían ido a buscarlo a primera hora de la tarde, y al no encontrarlo ni en su casa ni en su gabinete, habían dejado una citación escrita a lápiz en un papel con la orden de que se personara en un hotel del centro de Pest. Pero el padre ya había sido alertado por unos amigos y de madrugada había tomado un tren rumbo a provincias.

Y en aquellas horas matinales Erzsébet también había dejado su hogar, porque era de prever que la torturaran a fin de obligarla a revelar el paradero del progenitor —por entonces ya circulaban informaciones fiables sobre los métodos de tortura de los nazis y sus colegas húngaros—. Desde entonces (¿cuánto tiempo había pasado ya?; la joven hizo cálculos: diez meses exactos, del 19 de marzo al 19 de enero, coincidía el día y la hora) ya no vivía en su casa.

Aquel piso, con el gabinete paterno aparte, donde el padre residía desde que enviudó en tranquilidad y retiro con su hija, se había ido desintegrando paulatinamente en esos diez meses. Primero los esbirros alemanes registraron las habitaciones, luego manos desconocidas robaron la ropa, los enseres; en octubre, tras el levantamiento de los cruces flechadas, ladrones con brazaletes hurgaron en las habitaciones frías y saqueadas en busca de los restos del botín; y en noviembre, una bomba dio el golpe de gracia a la vivienda y al edificio entero. Erzsébet sabía desde hacía semanas aquello que el padre aún ignoraba: que ya no tenían hogar; apenas se conservaban unos pocos manuscritos y unos cuantos libros que un ayudante benévolo había salvado a lo largo de diez meses de ladrones y bombas.

Pero el hogar estaba en ruinas, y entre éstas se perdieron los valiosos apuntes del padre, fotografías, cálculos, libros de astronomía ingleses, franceses y alemanes de incalculable valor, su correspondencia, los artículos polémicos de los colegas extranjeros... todo lo que para su padre poseía alguna importancia. En cuanto a los muebles, los recuerdos de su antigua familia, la ropa... en eso Erzsébet ya ni siquiera pensaba.

El padre, de alguna forma, creía que su casa aún existía. A lo largo de los diez meses de clandestinidad siempre había comentado con confianza que pronto volverían a su tranquilo piso del centro, que sustituirían los bienes perdidos con otros nuevos y encontrarían en su sitio los apuntes y los libros, ya que ¿quién iba a quererlos?... Así se consolaba y se daba ánimos. Y en esos diez meses, Erzsébet no había tenido el valor de decirle la verdad sobre la suerte de su hogar.

Ese hombre, a cuya cabeza los fascistas habían puesto precio en secreto y que era buscado por todo el país por esbirros húngaros y alemanes, se aferraba obstinadamente a la esperanza de que la labor de su vida no hubiera sido destruida. Confiaba en que un día podría retomar su tarea, volver a su hogar... Y él, el gran estudioso de la naturaleza, que consideraba los secretos del cielo sólo en términos de equilibrio natural, hablaba de su casa con una confianza cercana a la superstición, seguro de que un día volverían Erzsébet y él, el científico perseguido. Y ella, en sus escasos y peligrosos encuentros, cuando lo visitaba en uno de los nuevos y cada vez más ingeniosos escondrijos ocasionales, no se atrevía a decirle que manos humanas, ladrones taimados y esbirros ávidos de sangre, y finalmente las bombas, habían acabado por devastar su hogar.

Hacía diez meses —¡un tiempo que ya le parecía tan lejano como si lo contemplara desde la orilla opuesta de la vida!— desde que, pocas horas después de la huida del padre y antes de la llegada de la Gestapo, Erzsébet había abandonado el piso, al que sólo había vuelto una nublada tarde de noviembre, pocas semanas antes de enterarse de que una bomba había destruido el edificio. Ya no existía la casa, el gabinete, los apuntes, la biblioteca, no quedaba nada. Pero en esto pensaba únicamente de pasada.

Diez meses. Y luego los últimos veinticuatro días. ¿Tan poco?... En el sótano muchos calculaban el inicio del asedio en Nochebuena, cuando habían aparecido los primeros tanques rusos en una plaza de Buda, al otro lado del río. Luego todo se había vuelto incierto y confuso en un caos infernal. Diez meses en que las perspectivas de su vida, de su futuro, cambiaban de semana en semana. Semanas en que ambos, el padre y Erzsébet, habían sentido en la nuca el aliento de sus perseguidores, días y horas en que resultaba prácticamente imposible encontrar un nuevo escondrijo, aunque sólo fuera por una noche, un agujero cualquiera, una cama, un armario, un desván, un sótano, porque quienes los ayudaban empezaban a estar aterrados y exhaustos, porque el halalí de los cazadores resonaba cada vez más cerca... porque diez meses así, en esas condiciones, es demasiado tiempo.

Sólo ahora se daba cuenta Erzsébet de cuán largo se había hecho ese tiempo. La situación cambiaba sin cesar. A la fiera batida de los primeros meses la siguió una calma transitoria, en que la vida parecía menos peligrosa, como si la gran persecución hubiera acabado, como si los sabuesos se hubieran agotado. El ambiente político parecía menos sombrío: algunas embajadas extranjeras, la sueca, la suiza, la portuguesa, la oficina del nuncio apostólico, ofrecían su ayuda; aparecieron héroes anónimos con el signo protector de la Cruz Roja en el pecho; las potencias extranjeras empezaban a movilizarse para salvar a los judíos, a cientos de miles de desgraciados hacinados en vagones de carga y conducidos a cámaras de gas, a los perseguidos políticos... La gente no había vivido de verdad en esos diez meses, sino como aturdida por el soplo del simún.

Pero en ocasiones aquel viento bochornoso parecía aplacarse. Entonces sucedía que un día los perseguidos eran presas de una confianza ciega e irracional y se atrevían a salir de su escondrijo, a pasear por la calle, a reunirse, a intercambiar mensajes. Un día, el padre había vuelto de provincias a la capital: viajó en tren sin que nadie le dirigiera la palabra, sin que nadie lo reconociera ni nadie lo denunciara; llegó y enseguida encontró cobijo en casa de un antiguo alumno, estaba de buen humor y esperanzado, quería recuperar sus notas y ponerse a trabajar... Fue a mediados de verano.

Para entonces cientos de miles de judíos de las provincias ya habían sido deportados, pero los de Budapest y los perseguidos políticos —refugiados en edificios del gueto y en casas particulares marcadas con estrellas— hablaban con trémula esperanza sobre la inminente liberación. Como si algo hubiera sucedido, comentaban que los alemanes ya no aguantarían mucho, que las fuerzas internas húngaras se revelarían, que las personalidades políticas obligadas a la clandestinidad alzarían la voz, que aquello ya no duraría mucho... Y luego, de pronto, estalló el pánico.

¿Qué ocurrió? Nada especial; o quizá justo se tratara de eso, de que no ocurrió nada. Y todos comprendieron que el «cambio» que intuían tan cercano, que ya creían tocar con las manos, aún quedaba lejos, todavía faltaban semanas o meses, y cada jornada y cada hora estarían llenas de terribles sucesos.

No fueron sólo ellos, los condenados y los perseguidos, quienes se percataron. Las manos samaritanas que ayer se tendían hacia ellos solícitas y con buena fe —o con cálculos previsores—, de pronto se retrajeron temerosas. Un día, una decena de personas se ofrecía a dar cobijo por una o más noches al perseguido, y al día siguiente, al atardecer, esa misma persona perseguida todavía no tenía donde guarecerse. ¿Por qué? ¿Qué había sucedido? El pánico, la intimidación, un parte de guerra falso, rumores sobre «armas secretas», alguna mentira absurda y desorbitada habían asustado a la gente, y el mismo que el día anterior se había apresurado a ofrecer su casa, hoy se encerraba pasmado, tartamudeaba turbado, no volvía a contestar al teléfono ni a abrir la puerta al oír la conocida contraseña.

Durante diez meses el compás de este curioso baile había variado semana a semana. Pocos habían logrado acomodarse a él: pocos los que, callados y tenaces, habían asumido el peligroso trabajo de la ayuda; y pocos los perseguidos que no habían cometido errores evitables, que no sucumbían ante obstáculos inesperados, que no reaccionaban con frustración ante algún giro de la cambiante situación política. Pero su padre resistió.

Nadie, ni la misma Erzsébet, habría esperado que ese hombre físicamente frágil, ajeno a las tareas mundanas, solitario y tímido, sobreviviera los meses de la persecución y la huida con tal tenacidad, perseverancia y circunspección. El científico resolvió aquel terrible desafío que la vida le imponía y que le era de todo punto ajeno, física y mentalmente, con tal sentido práctico que parecía que en vez de haberse pasado la vida inmerso en abstractos estudios de astronomía, en un despacho lejos del mundanal ruido, hubiera hecho carrera política entre combativos y jóvenes compañeros de lucha... En silencio, con una sonrisa dócil, soportaba paciente las cambiantes condiciones de vida, casi siempre miserables e incómodas; se adaptaba a compañeros de piso caprichosos, a perseguidos afectados de los nervios que veían peligros donde no los había; siempre se le ocurría una buena idea cuando era necesario, no se cansaba de animar a la gente, de reconfortar a los fanfarrones que se ufanaban pero en realidad se angustiaban enseguida y, presas del pánico, se comportaban de forma desconsiderada e imprudente.

En todos aquellos meses su padre mantuvo la templanza. Era capaz de leer cualquier clase de libro que cayera en sus manos, y en compañía de personas mezquinas e incultas sabía mantenerse tranquilo, atento y cauteloso. Su nombre era una especie de imán, una llamada siniestra y excitante para quienes lo odiaban.

¿Qué odiaban en él? Quizá no era tanto su actitud política —despreciaba las modernas ideas fascistas, la teoría de la superioridad de la raza aria, las falacias alimentadas por el odio y la violencia codiciosa, y creía que las fuerzas mundiales, dirigidas por los aliados, terminarían triunfando sobre la maquinaria militar alemana—, sino más bien su postura humana lo que provocaba la saña feroz de los colegas que habían decidido alinearse con el poder y de su agresiva prensa. Esa conducta no podía malinterpretarse: su silencio solivantaba a la derecha tanto como si se le hubiera opuesto abiertamente y a voz en cuello. Porque esos poderes nada necesitaban más que el prestigio moral del intelectual; le hubieran dado cualquier cosa si hubiera aprobado con un solo gesto la sanguinaria aventura con que, mediante seductores lemas nacionalistas y raciales, querían cautivar a las masas. Pero fue justo eso, la aprobación moral del intelectual, lo que no pudieron obtener del padre, y por ello lo odiaban. Hubieran necesitado su nombre, un nombre célebre e íntegro, el nombre impoluto de aquel científico; pero éste calló durante años, no se movió de su gabinete y luego, de pronto, a mediados de marzo, desapareció. Por eso lo odiaban y buscaban con una obsesión creciente.

Diez meses así. Diez meses en los que Erzsébet no pudo llevar su apellido, en los que cada timbrazo podía significar cualquier cosa, en los que malvivían de la venta de bienes de poco valor y pagando precios inflados, y en los que el aire que necesitaban para vivir en un sótano cada día escaseaba más. Un reloj, una antigua sortija, el violín del padre, y luego el sacrificio más doloroso: libros, rarezas salvadas con dificultad, todo terminó en el estraperlo. La clandestinidad devoraba cuanto poseían.

El padre vivió así diez meses: sin cartilla de racionamiento y comprando en el mercado negro, compartiendo cada día la costosísima comida con otros, con hambrientos. Erzsébet no se atrevió a ponerlo al tanto de la miseria total de los últimos meses. Prendas de vestir, libros, ropa blanca, todo se transformó en víveres para afrontar sus necesidades diarias. Los fondos empezaron a agotarse, y el padre ignoraba —y no debía enterarse— que en los últimos tiempos Erzsébet se había visto ya obligada a aceptar la ayuda de los movimientos clandestinos de resistencia. Cuando se inició el asedio ya no les quedaba nada.

El régimen de terror de los cruces flechadas terminó por intimidar a los últimos amigos de buena voluntad y también a los más valientes. Llamaban a las puertas en plena noche, guiados por las denuncias; en cuestión de denuncias, en aquellos tiempos no había escasez, desde luego. Como si en el momento de extremo peligro, la sociedad hubiera perdido lo poco que le restaba de dignidad: la gente se delataba en masa, escribía denuncias anónimas o con nombres y apellidos, corría en persona a acusar a algún desgraciado que en la vorágine final se había refugiado exhausto en el fondo de un oscuro escondrijo...

Y llegó el día en que Erzsébet se dio cuenta de que ya no podía aguantar la ansiedad de aquella vida que requería cada vez nervios más templados, más picaresca, más ardides.

Una noche supo que habían descubierto el escondrijo de su padre y que irían por él. Un guardia, uno de los verdugos, se había jactado delante de su novia, una estudiante, del próximo operativo. Llevada por el extraño impulso que a veces inspira los actos humanos, la chica, de ideales fascistas, había buscado a Erzsébet para contárselo.

Sucedió a las siete de la tarde, dos días antes de Navidad. Erzsébet siente incluso hoy el terror que le heló el cuerpo y el alma al enterarse. ¡Encontrar un escondrijo nuevo para su padre, en plena noche invernal, en una ciudad bombardeada, donde la mayoría de la gente ya había abandonado su casa y dormía en refugios subterráneos! ¡Exponer el conocido rostro de su padre a los ocupantes de un refugio u ocultarlo en un piso vacío y sin calefacción, sin posibilidad de resguardarse de las bombas en el sótano! Nunca olvidaría el temblor nervioso que le sobrevino.

Y todo el mundo estaba ya agotado. Compasión, altruismo, cada sentimiento de humanidad se había apagado en el ánimo de la gente. Cada cual esperaba la muerte de un momento a otro, una bomba, un obús de mortero, incluso la terrible encrucijada de la transición, del cambio, cuyas consecuencias nadie podía prever.

En aquel período navideño, en los últimos días antes del asedio, en la ciudad reinaban la ansiedad y la indiferencia. Todos estaban asustados, todos rendían cuentas con su conciencia o sumaban ansiosos, con meticulosidad de avaro, los puntos a favor acumulados. Atormentados, obsesionados por el remordimiento infernal de una monstruosa culpa común, sus habitantes estaban temerosos, llenos de incertidumbre. Los amigos se distanciaban, los parientes y familiares se enfrentaban con furia enardecida o se abrazaban con desesperación. ¿Cuánta gente sería?

Se estimaba que en esos días la población de Budapest —contando a quienes habían llegado en busca de refugio— alcanzaba el millón y medio de almas. Los refugiados, procedentes de lejanos caseríos de Transilvania, de la Hungría septentrional y de las llanuras, habían abandonado sus casas movidos por los horrores que contaban los nazis de los rusos: que quemaban las aldeas y ciudades, que mataban a la población, que no se compadecían ni de los recién nacidos, y que todo el que no huyera de ellos sería un traidor a la patria y verdugo de su propia familia. Propaganda de guerra, comentaban muchos, pero con castañeteo de dientes por el miedo. En realidad, nadie sabía nada cierto. Los rusos estaban ya muy cerca, a escasos kilómetros, y la gente seguía sin tener ninguna certeza. Como si entre el mundo conocido y los rusos se alzara una densa niebla; extender la mano hacia ella era muy peligroso.

Pero su padre necesitaba ponerse a salvo. Dos días antes de Navidad, el cielo alrededor de Budapest comenzó a teñirse de rojo, el fogonazo de los cañones relampagueó incesante bajo la invernal bóveda celeste y la radio dejó de alertar sobre la proximidad de los bombarderos. El teléfono aún funcionaba, en la ciudad todavía había agua y luz, y de vez en cuando hasta un tranvía en penumbra recorría la calzada destrozada y salpicada de barreras antitanques, nidos de ametralladora, obstáculos de hormigón y cañones. Erzsébet, una vez más, salió a buscar un escondrijo para su padre.

En vano llamó a dos puertas; en una de las direcciones los amigos ya se habían mudado, y la otra —una vivienda de tres habitaciones, en el segundo piso de una casa vecinal dañada por una bomba, un refugio de partisanos bien conocido en los círculos clandestinos— estaba vacía desde hacía días. Nadie contestó a sus fuertes golpes, y en el portal en sombras un desconocido le susurró que días antes los cruces flechadas habían registrado el piso y detenido a amigos y extraños. Salió del portal y se detuvo en la oscura calle. ¿Adónde ir? Le vino a la mente una dirección en Buda. Casi a la carrera se dirigió al puente de las Cadenas.

Esa noche aún sigue en pie la mayoría de los puentes. Entre ellos, el de las Cadenas, esa enorme construcción esbelta que ha sido el camino cotidiano de la infancia y juventud de Erzsébet, ese cuerpo ligero, aéreo, que flota encima del ancho río, con las gaviotas sobre los pilares, esa enorme masa que protege con sus fuertes brazos y sostiene sin esfuerzo su liviana carga. Erzsébet lo cruza casi corriendo. Por doquier hay centinelas que la siguen con la mirada; de todos los eslabones cuelgan cajas de explosivos. La joven intuye que es la última vez que pasa por el conocido puente.

Es una noche luminosa, de luna. A la derecha, las ruinas del puente Margarita, destruido por una explosión; la cabeza de puente, en Pest, se ha derrumbado sobre el agua, parece un animal prehistórico acodado en un río ancestral, el Danubio, un gigantesco reptil caído de rodillas, herido por un cruel cazador... Pero la ciudad, ya a oscuras, sigue viva con sus negras formas al resplandor lunar. En la orilla derecha, el enorme decorado con el Palacio Real, sede del gobierno, y más a la derecha el Parlamento; todo lo que la historia ha construido en piedra como símbolo de ostentación y orgullo continúa en su sitio.

Erzsébet llega al otro extremo del puente; delante del túnel, un enorme cañón instalado en una fosa vigila la orilla de Pest. Sube al castillo por una calle sinuosa. Arriba reina un silencio mortal, como de ciudad fantasma. Los despachos ministeriales y el Palacio Real se ven vacíos y abandonados; los cruces flechadas andan ya lejos, cargados hasta los topes con los tesoros robados, y en algún lugar de Austria juegan a gobernar y presidir un Estado... Cruza la plaza Dísz y llama a la puerta de un palacete. Insiste, en vano. Sin duda está deshabitado.

Se apoya contra la pared, agotada. ¿Qué hora será? Pasadas las ocho; los cruces flechadas saldrán de redada para detener a su padre a medianoche. Contempla el cielo que brilla azulado en el frío ardor lunar. A veces un tanque cruza la plaza. En alguna parte aviones rusos realizan incursiones, se oyen explosiones cercanas. Dos soldados pasan corriendo junto a la joven, se arrojan al suelo y uno le grita: «¡Resguárdese en el portal!» Siguen así tumbados un momento, hasta que se levantan ágilmente y se alejan presurosos.

¿Y ahora qué hacer? En el palacete viven conocidos, gente del antiguo régimen, la familia de un ex funcionario del Ministerio de Asuntos Exteriores, personas comunes y anónimas; esa dirección es la última esperanza de Erzsébet. El palacio está oscuro, en silencio, visiblemente abandonado. ¿También se han llevado a sus habitantes? ¿O tal vez han huido de los alemanes o los rusos? Ahora todo el mundo huye de peligros de los que nada sabe con certeza; la histeria de la huida se difunde por el ambiente sofocante de la ciudad acosada, contagia a todo el mundo. Huir, salir de la ciudad, ir al extranjero, o quedarse y esconderse bajo tierra, en alguna de las cuevas bajo el barrio del Castillo, cuanto más hondo mejor... Muchos buscan una vía de huida extrema, hacia la muerte. Otros, enloquecidos, permanecen sentados en sus casas, esperándola con las ventanas abiertas.

Erzsébet se siente impotente, desconcertada, a punto de desfallecer. Es el destino, el último instante; ¿a quién podría dirigirse? Y entonces, igual que ocurre en sueños, cuando una situación terrible e imposible da un giro y aparece una perspectiva inédita, de repente, como si alguien se lo gritara, piensa: ¡El sabatario![1]

Y visualiza un rostro. ¿Cómo es? No tiene nada de especial. Es el rostro de un hombre de cincuenta años. Desde hace un tiempo lo ve a diario, por la mañana muy temprano, al salir de la casa donde vive: el hombre siempre está allí, ante el edificio de enfrente, con una pala y una escoba, tratando de colocar la basura sobre un montón provisional que hace semanas crece sin remedio al borde de la acera... Erzsébet lo ve todos los

---

1. Sabatario (*sabbatarius*): hebreo>latín. Perteneciente a una corriente judía de la reforma. En lugar del domingo, guardaban fiesta el sábado.

días. ¿Qué le llama la atención en él? Lleva un traje ajado y se entretiene recogiendo la basura, es el portero, aunque su oficio es el de encuadernador, pero no tiene trabajo desde hace meses... De eso se ha enterado por casualidad, por una vecina de la casa que conoce bien a los habitantes de la calle. Es sabatario, dijo la mujer; y la palabra penetró en los oídos, en la memoria de Erzsébet.

La vecina también le ha contado una historia extraña y enrevesada: en la vivienda creían que el hombre era judío y le hicieron ponerse la estrella amarilla, que llevó durante semanas, sin protestar contra esa marca infamante. Luego familiares y conocidos aclararon el malentendido: no era judío, sino *székely*, de Transilvania, y sabatario. De una secta, pensó entonces Erzsébet. La estrella amarilla desapareció del pecho del portero y él continuó en su puesto.

Últimamente lo ve siempre, de madrugada. Su rostro resulta difícil de recordar, no tiene nada llamativo, es un rostro apagado. Pero ahora es como si alguien le gritara: «¡El sabatario!» Porque desde hace unos días sabe que, en la casa de delante, el sabatario hace algo; se ha enterado por casualidad, hablando de otro asunto: un judío que vivía escondido le contó que allí cerca había un sitio, aunque él no lo conocía, pues no había intentado ir. Se trata del portero del gran edificio de enfrente, un sabatario, que es judío y no lo es, y de quien en el mundo clandestino de los perseguidos y partisanos se afirma que vale la pena llamar a su puerta.

Entonces lo escuchó sin prestar mucha atención. Creía que su padre estaba seguro, ella se había acomodado bastante bien en el sitio donde aún vive y el hombre que había desempeñado un papel importante en su vida —un médico joven, que cuando los alemanes arrasaron Yugoslavia huyó al extranjero— estaba en un lugar a salvo.

Erzsébet vive sola. Excepto su padre, no tiene a nadie por quien preocuparse.

La del sabatario es una dirección como otra cualquiera. Pero ahora es la única, la única dirección en una gran ciudad que tiembla ante la inminencia de un asedio, la única dirección en la que cree —¿cree?, ¡no, está segura!— que llamar «vale la pena». ¿Por qué? ¿Simplemente porque se lo han dicho? En las semanas anteriores se han sucedido las decepciones. ¿Porque está cerca, enfrente, en el edificio vecino? En la práctica la cercanía no es garantía de nada. ¿Sabe algo más sobre el sabatario, ha oído algo más aparte de esa información genérica, esos rumores que circulan entre los partisanos? No ha oído nada, y nada sabe. Sólo que se trata de la última posibilidad de salvación.

Más tarde pensará con frecuencia en ello. ¿Cuáles son las fuerzas que actúan en los meandros de la mente y la conciencia? ¿O es que, en momentos de peligro, desde un estrato profundo nos llega un mensaje? Erzsébet estudia biología, tiene un profesor severo que le enseña a creer sólo en la realidad, en lo que puede palparse, sentirse y verificarse con el método experimental. Ella sabe que en el organismo humano un impulso nervioso se propaga a una velocidad de 126 metros por segundo, y conoce otras muchas verdades igual de objetivas, comprobadas una y otra vez... Pero nada de lo que ha estudiado da respuesta a la pregunta de por qué en la plaza Dísz, entre una bomba y otra, bajo el portal de aquella casa abandonada, le vino a la mente «el sabatario».

Y da igual lo que haya estudiado sobre el organismo humano, sobre los secretos de la vida o las funciones del metabolismo, todas las nociones que le han inculcado son teorías y no le permiten en modo alguno descubrir el secreto de la vida —y cuanto en el fondo sabemos es que sólo puede haberla donde hay metabolismo—. Pero tampoco la ciencia podrá aclarar la cuestión de quién le mandó el mensaje y cómo lo hizo, qué fuerzas lanzaron a 126 metros por segundo la imagen del sabatario al organismo de Erzsébet, a su mente y su sistema nervioso.

Ahora, en la oscura ciudad, esa imagen gris y desdibujada, esa figura, es la única realidad. Aliviada, acelera el paso, desciende corriendo del barrio del Castillo por las calles sinuosas que llevan al pie de las murallas y de ahí al barrio de Tabán. En las oscuras calles, por todas partes hay cañones, camiones, soldados a la espera de que ocurra algo. Aguardan el asedio, algún tipo de acción que dé sentido a su ser y a su vigilancia. No lo hacen con altanería. Forman sombríos corros, serios y callados. Todo está preparado: soldados, cañones, tanques, barricadas, la gente en los sótanos y las casas a oscuras, la ciudad entera; todos esperan con una disposición inútil, porque está a punto de suceder algo, el tiempo se ha cumplido, ha llegado la hora.

Los habitantes de la ciudad, los soldados alemanes y húngaros se han preparado a conciencia y con profesionalidad para ese algo... No fue ayer cuando empezaron a prepararse, tampoco hace dos semanas, cuando desventraron el pavimento, instalaron cañones en las paradas del tranvía, colocaron ametralladoras en las claraboyas de los sótanos, no. Tampoco hace dos meses, cuando el país ya no tenía voluntad ni fuerzas para dar marcha atrás, desandar lo andado y detener la guerra, rebelarse contra los alemanes. Ahora todo se ha cumplido, todo ha terminado, es el fin... ¿Por qué? ¿Quién lo quiso así? Es verdad que algunos lo quisieron así, pero también hubo muchos que no, y la mayoría se limitó a mirar y tolerar lo que sucedía, sumida en una impotencia fría y sonámbula. Toleraron que un día las calles fueran transformadas en campo de batalla. Y hablaban, hablaban sin parar.

Había quien no creía que llegara el asedio. Gente que pensaba que los cañones en las calles, los obstáculos antitanque, las cajas de explosivos en los eslabones del puente, las ametralladoras, la preparación, las frenéticas maniobras de los soldados, los artículos altisonantes de los periódicos (que describían la vida de una «ciudad en el frente» que se mostraba «heroica, tranquila y decidida...»), que todo ello no era más que una estratagema. Aquella ciudad, donde vivía también Erzsébet, era consciente de su destino; y la joven sentía ese destino físicamente, como todos los demás, pero también que no había nadie que pudiera predecirlo con certeza.

¿Quizá lo preveían unos pocos oficiales alemanes que sabían con precisión lo que ocurriría mañana, pasado mañana, dentro de una semana o un mes? Pero esos expertos, hombres soberbios, fríos y rigurosos, ¿sabían qué traería el porvenir? En todo caso, lo habían imaginado, organizado y preparado innumerables veces. Erzsébet había oído hablar de un caballero «experto en explosivos» del ejército alemán; un profesional bajito, callado y apacible. Fue él quien hizo saltar por los aires Atenas y Stalingrado, Varsovia y algunas ciudades francesas; y Erzsébet sabía que ahora ese caballero alemán se hallaba en Budapest, que había inspeccionado los puentes y lo había encontrado todo «en orden». No obstante, esa preparación seria y meticulosa para una acción desastrosa seguía pareciendo a ojos de algunos una estratagema militar... Los alemanes no defenderán, no pueden defender Budapest, eso no es más que un espejismo. No pueden defender la capital húngara, si ni siquiera lograron defender con seriedad Roma o París. O al menos eso dicen...

No habrá asedio, susurran, en el último instante los alemanes se retirarán, toda esta preparación sólo busca despistar a los rusos, que avanzarán más lentamente creyendo que los alemanes han concentrado grandes fuerzas en Budapest; pero, en el último instante, entregarán la capital y se retirarán a los montes Bakony y Vértes, a las nuevas líneas de defensa. Así hablan los estrategas en los refugios antiaéreos, entre dos andanadas de bombardeos.

En cambio, los que no lograron escapar a tiempo con los cruces flechadas, los húngaros de ideas derechistas y filonazis que se han quedado, observan recelosos, parpadeando, los preparativos inequívocos, los indicios claros y apabullantes que anuncian por doquier la voluntad alemana de defender Budapest en cada esquina, con el solo objetivo de frenar la marcha del Ejército Rojo hacia Viena y Bratislava. Observan con semblante serio la ciudad transformada en fortaleza, mientras juran que las tropas liberadoras alemanas ya están en camino, a la altura del lago Balaton. Afirman que los alemanes aplastaron a los rusos en Székesfehérvár y luego volvieron a Csepel, y que para Navidad la capital será liberada del asedio. Pero eso nadie se lo cree, ni siquiera ellos...

Los cruces flechadas marchan en grupo por las calles, de día y de noche, con brazaletes y metralletas, como una pandilla de adolescentes terribles y salvajes, figuras amenazantes en una especie de juego siniestro: encuentra el botín y aumenta las víctimas...

También a esta hora, cuando un millón y medio de personas se encuentran angustiadas y hacinadas en los refugios, van entre las tinieblas nebulosas de la helada noche de diciembre en busca de un judío o un opositor político para abatirlo en el último instante, a orillas del Danubio, donde es fácil deshacerse de los ajusticiados. Erzsébet a veces se cruza con algunos de éstos, personas a quienes dispararon en la boca o el pecho y que, aun malheridas, lograron salir a nado entre los hielos del Danubio; gente que sigue viviendo y huyendo. Los cruces flechadas continúan robando y matando incluso ahora, cuando los cañones rusos disparan desde muy cerca contra el centro, cuando las bombas caen sobre las casas sin previo aviso cada cuarto de hora, cuando ya no se puede confiar en la «liberación», ni en que los terribles preparativos sean algo más que meras «estratagemas militares», ni en que los alemanes no se retiren en el último momento. Según se rumorea, los alemanes han matado a los emisarios de paz rusos que traían el ultimátum del general Malinovsky. Los cruces flechadas entran en las casas y desvalijan los armarios; si alguien los interrumpe por casualidad, lo matan de un tiro.

La ciudad ya sabe que no queda otra salida, que sufrirá el asedio. No sólo los soldados se han preparado para ello, también la población está lista. Millón y medio de personas han aceptado lo inevitable con un extraño fatalismo. Han cocinado mucha comida, como preparándose para una excursión campestre, han recogido sus pertenencias y objetos de valor, se han acomodado en los sótanos y los refugios, donde con astucia y rapacidad se han disputado los rincones más cómodos. Han bajado catres y sofás, como animales arreglando sus madrigueras. Y finalmente se han acurrucado en sus lechos provisionales, sobre los hatillos, con niños y orinales, con agua almacenada en recipientes impensables, a la espera del asedio. Casi desean que empiece. Están aterrorizados, pero al mismo tiempo lo desean, porque es ya una realidad ineluctable, cumplida. Sólo queda gestar y dar a luz, entre sangre y dolor, a ese monstruo, a ese destino hecho realidad: el asedio.

Cruza el parque de Tabán. Allí los preparativos bélicos son especialmente llamativos. Se alinean grandes carros de combate —los Tiger— y por todas partes serpentean trincheras. La joven siente especial predilección por este jardín. Aquí se encontraba por las tardes con Tibor durante el largo, suave y perfumado otoño. Pasa junto al banco donde solían sentarse, a la sombra de las espíreas. Allí Tibor le habló por primera vez de su intención de irse del país, porque «no confío en la capacidad de resistencia de la sociedad húngara», porque «esta sociedad carece de fuerza moral para librarse del Mal». Había utilizado esas palabras, y Erzsébet nunca había visto tan enardecido a aquel hombre silencioso y taciturno.

Entonces ella había protestado vivamente. Hablaron de la nación húngara, del pasado, de Széchenyi, de los escritores Vörösmarty y Arany, de todos aquellos que tuvieron fe en la nación pero acabaron desengañados, incluso perdiendo la cordura por culpa de la desilusión. Erzsébet defendió su posición con vehemencia, hasta quedar agotada, sin aliento. Tibor insistió en que él se iba y la invitó a acompañarlo, no le prometió volver... Pero ella no podía irse, no podía abandonar a su padre que, aparte de a ella y su trabajo, no tenía nada más.

Su madre había muerto hacía tiempo, y para aquellos dos hombres, el padre de la joven y Tibor, Erzsébet era a la vez esposa, hija y amiga. Pero ahora uno quería irse, el amante, el joven, el elegido, porque «la sociedad húngara carece de fuerza moral para librarse del Mal». No deseaba quedarse y dar ejemplo; ese hombre tranquilo y poco hablador se refería a aquel desengaño como si hubiera recibido una herida mortal. Tibor no hacía política, pero Erzsébet ya sabía que había algo más que partidos y política, algo verdadero que representaba una respuesta: la conducta. A través de su conducta, tanto Tibor como su padre daban respuesta a algo que no podían ni querían contestar con palabras. Uno de los dos se había ido porque no soportaba ver ni oír lo que sucedía en aquellos años, lo que estaba preparándose y madurando en Hungría; el otro se había quedado y ahora lo buscaban para matarlo.

Erzsébet pasa junto al banco. Allí había estado una vez, no hace mucho, la llamada «fuente de colores»; la fuente que las obsequiosas autoridades municipales habían construido frente a las ventanas de la residencia privada del Regente, en un viejo y ruinoso barrio demolido. Ahora es un nido de ametralladoras. Un alemán con el casco puesto fuma sentado en el banco. Alguien silba. Erzsébet se aleja presurosa. Hay algo sofocante en este gélido atardecer de diciembre, algo insoportable, como si las cosas y situaciones se hubieran torcido sin remedio. Cruza el puente en dirección a Pest.

2

Encuentra al sabatario en su garita de portero. Está leyendo el periódico a la luz amortiguada de una lámpara cubierta con un pañuelo; lleva unas gafas de montura metálica, reparadas con un trozo de cinta. Se las quita con parsimonia, pliega las patillas, las guarda en el bolsillo y luego mira a Erzsébet. No pregunta nada. Pasea la vista por la penumbra de la garita. Le indica que salgan a la oscuridad de la escalera. Una vez allí, sin verse las caras, hablan en voz muy baja. Erzsébet va directa al grano, como en un sueño. No da detalles, ni se presenta.

—¿Puede aceptar a una persona?

El hombre guarda silencio. El aliento le huele a ajo, probablemente acaba de cenar.

—Es difícil —contesta.

No pregunta de quién se trata, ni por qué, ni quién es Erzsébet, tampoco se opone ni promete nada. Y esa profesionalidad, esa imparcialidad lacónica tranquiliza a la joven. El miedo que le atenaza el corazón desde hace horas se desvanece al oír esa voz. Sabe que no ha venido en vano, y que no ha sido casual que se acordara de pronto del sabatario; la inunda una sensación cálida, como una oleada de felicidad. Los enamorados experimentan algo similar cuando les recorre el cuerpo una corriente de confianza. Ahora sabe que cada cosa tiene su razón de ser.

Siente los latidos del corazón y su cuerpo abraza una esperanza repentina. Aquel judío perseguido tuvo buenas razones para mencionarle al sabatario. Cada cosa tiene su razón de ser... Siente una felicidad cálida, plena de humildad y esperanza, como si fuera la primera vez que entiende el significado de la palabra «creer». Existe algo más que el conocimiento, la experiencia, lo que enseña la observación de la realidad y la ciencia... algo más. Y ahora ese algo está aquí.

¿Qué es? Pues este hombre, el sabatario, un ser taciturno e inmóvil en la oscuridad, del cual Erzsébet sabe lo que piensa en este preciso instante, cree saber lo que siente, conocer sus ideas. ¿Qué clase de persona es? ¿Un devoto sectario, un fanático religioso que obedece una orden de Cristo? ¿O es algo más, algo diferente? ¿Un hombre en el cual las Sagradas Escrituras —las palabras supremas que permiten al hombre responder a sí mismo y al mundo— se han traducido en actos? Un hombre a punto de ahogarse debe de observar de igual manera el titubeo de la mano tendida hacia él... De hecho, el sabatario aún calla.

—Muy difícil... —repite al fin, con voz grave y apenas audible—. Cada día más difícil.

Erzsébet contiene la respiración. ¿Qué puede decir? ¿Qué puede pedir? ¿Qué prometer? Hubo un tiempo en que la gente aceptaba correr cualquier riesgo a cambio de dinero y joyas... Pero esa época ya ha pasado. Y el sabatario además no es de ese tipo de personas, está segura. El riesgo es demasiado alto, ya no valen ni los argumentos ni la persuasión, quien en estos tiempos acepte esconder a alguien se lo juega todo... y por eso mismo no puede pedírsele nada.

—¿Es un hombre? —pregunta de repente el sabatario.

—Un hombre, sí —responde la joven casi en un suspiro.

El sabatario enciende una linterna. Dirige el crudo haz de luz al rostro de Erzsébet. Ella lo soporta entornando los párpados. Él examina su rostro atenta y minuciosamente, como si le sobrara tiempo y supiera que en momentos así ésa es la única forma de comunicar, de intercambiar ideas, porque las palabras sobran y no son de fiar. Transcurre medio minuto, puede que más. Luego apaga la linterna.

—Usted vive enfrente —dice con lentitud—. Usted es... —Y pronuncia el nombre de la joven.

—¿Cómo lo sabe? —pregunta ella con la boca seca.

Pese a que están a oscuras, le parece que el hombre se encoge de hombros.

—Lo sé —responde impasible—. La veo todas las madrugadas. Me lo dijeron... —Y a continuación, casi con aspereza, inquiere—: ¿A quién quiere traer?

—A mi padre —contesta ella, ya tranquila. Y de nuevo le parece ver que el hombre asiente con la cabeza, como si hubiera recibido la respuesta esperada.

Vuelven en silencio a la garita. El portero cierra la puerta acristalada y le señala una silla. Erzsébet se sienta. Él toma asiento ante ella, se inclina sobre el periódico y se pone a liar un cigarrillo.

—¿Dónde está ahora? —pregunta como de pasada. Cuando la joven se dispone a contestar, la interrumpe—: No estoy preguntándole la dirección. Jamás la revele. A nadie, tampoco a mí. Sólo quiero saber si está lejos. ¿Diez minutos? ¿Media hora?...

Erzsébet calcula mentalmente.

—A un cuarto de hora —contesta.

El hombre observa el reloj de cuco colgado de la pared.

—Las nueve y cuarto —dice—. Si pudiera traerlo ahora mismo...

Ella se levanta, dispuesta a intentarlo.

—Espere. No vengan aquí. En la calle de al lado el hojalatero tiene una entrada por el sótano —explica el hombre—. ¿Lo ha entendido? —añade con aire severo—. Repítamelo.

Erzsébet recita la lección.

—Bien, veo que lo ha entendido. —Y en un tono delicado y con una tristeza impotente que la joven nunca había oído en boca de nadie, el portero añade—: Esto es muy difícil, señorita. Es que ya hay cinco personas abajo. Al viejo tendré que emparedarlo con los demás. Es la única forma.

Erzsébet comprende que el «viejo» es su padre, y que el sabatario quiere meterlo en un sótano tapiado, con otras cinco personas sepultadas en vida.

—Es la única manera —repite el hombre en voz baja, moviendo la cabeza con resignación—. Por desgracia, los hermanos pasan a menudo por aquí.

No, claro, no se refiere a los sabatarios, sino a los «hermanos» cruces flechadas.

—¿Lo acepta, pues? —se limita a decir ella.

—Sí.

Salen a la escalera y se separan en la entrada.

Así sucedió. Su padre fue aceptado. ¿Por qué? En las siguientes semanas la joven tendrá oportunidad de meditar sobre la cuestión mientras permanezca refugiada en el edificio de enfrente. Entre bombardeos, explosiones de obuses y granadas, tendrá la posibilidad y el tiempo de pensar en lo que sucede en el sótano tapiado de la casa de enfrente donde malviven seis personas, en un espacio similar a una despensa, casi sin aire, sin luz, sin retrete ni cama, y en el que a diario una mano, la del sabatario, introduce agua y un cubo con comida, habas o patatas, a veces pan, por un estrecho resquicio. Pero imaginárselo ya no la perturba.

Ahora le preocupa algo diferente. Cuando el edificio, los muros y el suelo de hormigón del sótano se estremecen, ¿qué sucede en el alma del sabatario? ¿Qué pasa en el alma de un hombre cuando se ha perdido lo que convierte a los seres humanos en tales? De un hombre que se mantiene fiel al pacto escrito y tácito de la humanidad, a la ley de la caridad, en un mundo que reniega de toda ley humana y que se autodestruye con furia demencial.

Una especie de fuego fatuo amarillento flota ante los ojos de la gente y la atrae entre las fosas, en medio de los cadáveres, hacia los restos del botín... Erzsébet le había preguntado al sabatario si quería dinero. Para la manutención, había aclarado. El hombre hizo cálculos, moviendo los labios en silencio, y luego declaró en tono seco: «No hace falta. Basta con lo que hay.»

De modo que tiene algo de dinero para las habas, los guisantes y las patatas con que alimenta a sus protegidos. Se trata de un hombre lacónico e impasible. Nada sentimental. Nada lo conmueve. Frente a la miseria humana, se muestra tan sereno como un enfermero veterano que en silencio y casi indiferente se mueve entre moribundos, sin una lágrima, sin ceder a la angustia o la rabia. Ve la miseria, la persecución, el peligro mortal y la ayuda como situaciones naturales para un ser humano, hechos normales y obvios. Así son los hombres: matan, roban y se esconden... Erzsébet no percibió mayor compasión en sus palabras, ni en sus gestos. Cuando llegó con su padre al sótano, el sabatario ya estaba allí con una palanca, extrayendo con cuidado ladrillos de la parte inferior de una pared y calibrando al padre con los ojos expertos de un sastre que toma medidas.

—Sólo sacaré dos filas de ladrillos —se limita a anunciar—. Usted se pondrá boca abajo y entrará a rastras.

El padre así lo hace y su torso desaparece poco a poco por el estrecho orificio del muro, seguido de las largas y delgadas pantorrillas. Erzsébet y el sabatario se quedan mirando cómo el hombre, un cuerpo humano aterido, desaparece en aquella extraña prisión. La joven piensa que su padre, que se ha pasado la vida observando las estrellas, ha acabado arrastrándose por el suelo pringoso de un sótano... Pero luego mira al sabatario y se siente avergonzada, porque ante aquel rostro indiferente y tranquilo la retórica de su pensamiento se le antoja falsa y patética.

Recolocan los ladrillos extraídos; Erzsébet va pasándole la argamasa, que el sabatario extiende con manos expertas. En pocos minutos termina el trabajo de albañilería y pone delante del escondrijo unos bidones de gasolina vacíos.

—Todo dependerá —dice entonces— de si los hermanos entran desde el sótano vecino. Es lo que suelen hacer cuando están en apuros. Van de sótano en sótano, derribando las paredes.

Erzsébet comprende que, en efecto, todo depende de eso, no de las estrellas ni de que a su padre el destino lo haya obligado a arrastrarse por un suelo mugriento.

Así sucedió, así de simple fue... ¿Qué se esconde en un hombre como el sabatario? No pide dinero, no hace promesas, no reza, no odia, no quiere nada, no tiene planes a largo plazo. Simplemente actúa cuando los demás tienen miedo de hacerlo, ayuda a alguien cuando los demás sólo se mueven a impulsos de fiero egoísmo y quejica instinto de supervivencia. ¿Creerá en algo? ¿Será religioso? Tal vez. Pero quizá sea sólo un hombre en cuyo sistema nervioso, en cuya alma, opere una especie de ley estructural, una especie de impulso vital al que nada puede oponerse. Cientos de miles de personas no prestan ayuda ninguna; él sí. Pero el secreto de esta única persona no puede descifrarse.

Erzsébet vuelve al derruido edificio de enfrente, sube al tercer piso, al cuarto de los criados de la casa donde últimamente ha encontrado cobijo, se tumba sin desvestirse en la fría habitación, en la cama de hierro, y permanece en la oscura estancia con los ojos abiertos. Escuchando las descargas de artillería.

Esta noche los cañones suenan distintos: con más ritmo, más seguidos. Aquel ruido lejano y mecánico que hasta entonces señalaba los impactos, se funde ahora en uno solo, como si una actividad casual y esporádica se hubiera transformado en una empresa premeditada, planificada con rigor y ejecutada con celo. Ayer, anteayer, hace una semana, las bombas y las granadas caían como si un gigante caprichoso estuviera divirtiéndose con ese pasatiempo atroz. Pero ahora el estruendo suena distinto: como una inmensa máquina que, tras los atascos iniciales, funciona ya a plena potencia.

Ese gigante es el ejército ruso, una inmensa maquinaria cuyos engranajes son los cañones, los aviones, los lanzaminas, la artillería del Segundo Ejército Ucraniano; éstos son sus principales componentes. Y ahora la maquinaria funciona a pleno rendimiento, monótona e implacable. Es un estruendo que ya no aterroriza a nadie. Resulta tan natural como el ruido del turno de noche en una fábrica. Esas máquinas y el contingente de hombres que las manejan y operan, limpian y alimentan, partieron hace meses de las llanuras rusas, cruzaron los Cárpatos, avanzaron lentamente por la llanura húngara, a veces se detuvieron, cerraron filas, atacaron, avanzaron y retrocedieron unos kilómetros.

Entretanto, en Budapest, la «ciudad en el frente», los periódicos seguían publicándose, se contaban chismes, una actriz puso un aviso porque había perdido su abrigo de zorro azul, un periodista desenmascaró las manipulaciones de un político, el padre de Erzsébet vivía tranquilo en el escondrijo provisional mientras trabajaba en sus notas. Una noche Erzsébet fue al teatro a ver *Cándida*, de Shaw, y la producción le resultó aceptable. En los restaurantes las mesas estaban listas, en los locales de mayor calidad ponían servilletas limpias y servían platos aceptables, ni siquiera caros, sólo que la comida estaba tibia, porque el suministro de gas no funcionaba bien, los trenes con carbón ya no llegaban a la ciudad, parcialmente cercada... Por las mañanas los figones estaban llenos y en los escaparates de las tiendas se veían incluso artículos navideños, objetos de artesanía popular transilvana, espumillón brillante.

La gente caminaba entre cañones, se metía bajo los soportales cuando caían bombas sin previo aviso. Respecto a los tranvías, se detenían y esperaban a que terminara el ataque. Los pasajeros se echaban al suelo junto al vehículo, boca abajo en la calzada, o se quedaban sentados en el vagón, sin saber si una muerte caprichosa acabaría con ellos. A los muertos los cubrían con papel de estraza hasta que aparecía algún representante de la autoridad y disponía el levantamiento del cadáver.

Nadie usaba ya sábanas para envolver a los muertos, porque eran muy caras.

Así transcurrían las cosas desde hacía semanas. Y dentro de poco será Navidad. En los sótanos, los vecinos han montado fogones comunes y cocinan. A la gente le ha dado por comer y prepara cenas de tres platos, y dado que ya no existe el estraperlo ni las autoridades se ocupan del abastecimiento, ha llegado la hora de recurrir a las reservas: hay carne en abundancia, costillas fritas en manteca, ocas y patos, jamones enteros, vino y *pálinka* en abundancia. Pero, a pesar de esta extensa comilona en muchas zonas de la ciudad, las cazuelas de otros muchos están vacías: barrios enteros malviven con tibios potajes de habas.

Erzsébet está tumbada en la cama, en el helado cuarto del servicio; hace pocos días una onda expansiva reventó el cristal de la ventana, así que no vale la pena poner la calefacción. Sin embargo, no tiene frío, antes bien, su cuerpo genera calor. Piensa en el sabatario, en la oscura ciudad, en el puente de las Cadenas, en las ametralladoras de la fuente de colores, en su padre arrastrándose para escurrirse por el agujero de aquella pared, en las estrellas que por algún tiempo él no verá, en cómo le hablaba Tibor de la «fuerza moral para librarse del Mal», con mirada encendida, labios temblorosos y pálidos, y cómo al final, rabioso y desesperado, se había marchado al extranjero, abandonándola.

Me ha abandonado, ésa es la verdad, piensa la joven. Me ha dejado con mi padre, a quien buscan los alemanes y los otros, esos que aseguran ser húngaros porque hablan húngaro y llevan un brazalete con el escudo de Árpád, la monarquía fundadora del Estado húngaro. Pero también llevan metralletas y asesinan indiscriminadamente, y a mi padre también lo matarán si tienen la oportunidad, y a mí... Y de nuevo se acuerda de la expresión «fuerza moral para librarse del Mal».

Es el tipo de frase con que los hombres envuelven algo que íntimamente no saben resolver. Los hombres gustan de estas expresiones. Pero ella ya sabe que no son más que palabras. La realidad es otra cosa.

La realidad es que cuando piensa en Tibor, incluso hoy, un año después, siente en su cuerpo una extraña confianza. No es algo ligado a un sentimiento o un estado de ánimo, sino una sensación física de confianza. Confía con todo el cuerpo en aquel hombre triste y pálido que ha huido al extranjero dejándola entre bombas y asesinos, con su padre. No hay nada capaz de apagar esa confianza. Eso la mantiene viva. Cierra los ojos y la confianza circula por su cuerpo como una corriente eléctrica. Él se ha ido porque la gente ha enloquecido, porque hay odio entre las personas, porque lo arruinan y destruyen todo; ésta es una parte de la vida, la otra es la confianza que siente al pensar en Tibor.

De pronto se calma. De vez en cuando el edificio tiembla a consecuencia de una explosión cercana; pero Erzsébet sigue tranquila. Su padre está tumbado boca abajo en el sótano del edificio vecino, a buen resguardo. Por la noche, hombres armados recorren los refugios, iluminan con linternas las caras de la gente que duerme apretujada, a veces agarran y sacan a alguno, hombre o mujer. «¡Judío!», gritan, y se lo llevan para fusilarlo ante la puerta. Luego regresan y roban todo lo que encuentran. Portan brazaletes con el escudo de Árpád. Hablan húngaro; unos pocos, alemán...

Pero Erzsébet rebosa confianza. Su padre sobrevivirá y Tibor volverá, regresará a ella. Volverá haya o no fronteras. Y si no hay puentes, cruzará el río a nado o a pie por el hielo; pero volverá. Ya no durará mucho... ¿El qué? Pues lo que ha empezado. ¿El asedio o la guerra? Erzsébet repara en que estas palabras no se refieren a lo esencial.

El asedio y la guerra no son más que consecuencias. Pero lo que no puede durar mucho, lo que acabará pronto, lo que realmente resulta insoportable y por eso no podrá durar para siempre, es el odio. Ese destello en la mirada de la gente. El odio con que se miran en los refugios oscuros y en las calles aún más oscuras, o durante el día, por encima de los cadáveres cubiertos con papel de estraza. Esa mirada en que arde una luz tenebrosa, la misma que está en ojos de todos. Trasluce odio, miedo, remordimiento, crueldad, furia demencial, codicia que hace rechinar los dientes. Eso es lo que no puede durar mucho, esa luz tenebrosa ha de apagarse en el mundo. ¿Y después? Su padre saldrá al aire libre y volverá a alzar los ojos para contemplar las estrellas, con la misma mirada escéptica y atenta con que también observa las cosas del mundo, como si todo le divirtiera: estrellas y personas... Y Tibor regresará a ella.

El edificio tiembla. Ha debido de caer cerca... Erzsébet se incorpora, busca la bolsa en que ha metido lo poco que le queda —un termo con agua potable, bizcochos, algunas fotos, los documentos de Erzsébet Sós— y baja al sótano. Algunas sombras vacilan por las escaleras. El gran edificio, como poseído por el espíritu de la colmena, empieza a reanimarse. Muchos de los que llevan semanas haciendo caso omiso de las alertas aparecen en las tétricas escaleras, cargando bultos con dificultad, con sus enseres, y excitados se apresuran hacia los pisos más bajos y protegidos. Pero todavía no se meten en el sótano, titubean.

En las últimas semanas, el peligro constante los ha vuelto apáticos. El refugio antiaéreo del sótano cuenta con inquilinos fijos que, poseídos por un miedo obsesivo, pasan el día y la noche acurrucados bajo tierra, pero la gran mayoría de los vecinos del gran edificio se ha habituado al peligro, igual que los soldados a los disparos. Sin embargo, ahora esa explosión última sí ha sonado muy cerca. Alguien se ha enterado de que el edificio contiguo está en llamas. El encargado de la comunidad de vecinos reúne hombres para extinguir el fuego. Erzsébet se dirige hacia la puerta, pero el hombre le ordena bajar al sótano.

Los aviones rusos atacan en nuevas oleadas, las bombas caen cerca, en el portal se apiña gente proveniente de la calle. Dos hombres que traen a otro en camilla hablan con el portero y el encargado de la comunidad, alzan las voces; por fin, los recién llegados son autorizados a bajar al sótano con la camilla. Por la escalera se comenta que el edificio vecino se ha derrumbado y que de su refugio están evacuando a mujeres, niños y enfermos para traerlos a éste.

La noticia siembra la inquietud en el bloque. Todos sus habitantes se precipitan al sótano, con o sin bultos, pues temen que los intrusos ocupen los mejores puestos. Es una aprensión no del todo infundada. Erzsébet baja y se detiene en la puerta de hierro del sótano. Hay tres amplios recintos abovedados; el aire húmedo está estancado, el olor acre le provoca náuseas. Permanece en el umbral, vacilante, como si intuyera que si lo traspasa su estancia en el refugio subterráneo no será provisional, sino larga y drástica... Con la bolsa en la mano, mira alrededor.

En los amplios recintos encalados se hacina tanta gente como en una estación del metro. Lo que ahora ve Erzsébet es distinto a lo que vio y experimentó el año anterior en otro refugio. Entonces, en la época de los ataques aéreos angloamericanos, el refugio se limitaba a ser una especie de campamento provisional, un lugar donde en situación de emergencia se prestaban primeros auxilios; como en el cine, te sentabas en alguno de los bancos a esperar el inicio de una función que nunca duraba demasiado, la mayoría de las veces una o dos horas. Bajo los edificios cuyos sólidos cimientos amortiguaban el fragor del mundo exterior, los inquilinos no acababan de percatarse del drama que se desarrollaba fuera: si la onda expansiva de las bombas sacudía algún cable, la bombilla se apagaba un momento, nada más.

Sin embargo, ahora la escena es completamente distinta. Erzsébet es apartada a un lado por las muchas personas que se amontonan a su espalda. Traen la camilla y esta vez, a la luz de la lámpara, puede ver al que yace en ella: un hombre mayor, calvo, bien afeitado, pálido y vestido con cierta distinción, dadas las circunstancias. Es un tullido. Se lo ve sereno, sostiene un libro que aprieta contra su pecho, como si fuera su única arma en esa situación tan anormal.

En el refugio del gran edificio de viviendas cabe mucha gente, los inquilinos suman más de un centenar y aún queda sitio para quienes llegan del edificio vecino. Hasta ahora el orden reinante tenía algo de teatral, como si fuese un espacio público dedicado a los espectáculos, un auditorio inusual: en el centro de los recintos subterráneos había bancos regularmente alineados, y sólo desde hacía poco sus visitantes más exigentes en cuanto a comodidad bajaban butacas y sillones de mimbre para su estancia subterránea.

Pero ese orden ya no existe. Apartan los bancos para colocar colchones, edredones y almohadas, que se disponen en hileras en el suelo. Por el aire estancado flota la plumilla que se sale de las fundas. La luz está encendida, junto a la entrada se ven carteles que informan sobre qué hacer en caso de ataque aéreo; hay palas, picos, cubos de arena, y en un rincón hasta un equipo completo de hospital de campaña: frente a una mesa con vendas y medicamentos, un médico vecino de la casa, que lleva un brazalete con una cruz roja, va disponiendo tranquilamente sus útiles en medio del trasiego y el vocerío. Prepara el algodón, las vendas, el instrumental, como si se tratara de una situación normal y corriente, una especie de curso práctico para principiantes.

Ahora que los recién llegados no se instalan en los bancos para un período breve, sino que a todas luces se trata de una permanencia prolongada, todos lo hacen con prisa, para pasar la noche, guisar y comer. El espacio escasea cada vez más en los tres recintos. Ya muchos discuten para hacerse con un rincón. Erzsébet avanza vacilante entre los colchones, entre mujeres ajetreadas que calman a sus hijos, preparan las camas y van sacando los víveres. Los hombres arman catres, se las ingenian con las tumbonas, despliegan camas metálicas sacadas de los cuartos del servicio. En la parte central ya hay bastante gente tumbada en catres provisionales. Los que llegaron primero reciben con hostilidad a los del edificio vecino y los mandan al tercer recinto, más estrecho y oscuro.

Erzsébet se va con los nuevos. El hombre que han traído en camilla reposa en la penumbra de un rincón, con el libro en la mano y ajeno al alboroto que lo rodea; observa la bombilla parpadeante con ojos muy abiertos. Erzsébet se ubica entre él y una joven, sobre una especie de jergón que ésta le señala. Coloca su bolsa de emergencia junto a la pared; ya que tiene que dormir allí, le servirá de almohada. Saca una manta, se sienta, se cubre las rodillas y apoya la espalda contra la pared.

No está tan mal, piensa satisfecha. Se siente extrañamente tranquila. Observa la escena en torno, que no le resulta del todo desconocida, aunque nunca había visto tanta agitación. La gente se prepara para una estadía estable y duradera: sólo eso resulta claro entre tanto ir y venir. Todos saben, incluida ella, que ya no se trata de un ataque aéreo más, a los que la gente había acabado por habituarse. Entonces aún sonaban las sirenas, la radio transmitía y, a pesar de todo, los raids aéreos parecían bajo un paradójico control por parte de los hombres. Como si el amparo de las autoridades siguiera en vigor pese a que del cielo cayeran bombas de una tonelada. El orden reinaba en todos los aspectos, la radio anunciaba con media hora de antelación que cierto número de aviones enemigos había invadido nuestro espacio aéreo en formación cerrada. La gente escuchaba la noticia en la radio y asentía con la cabeza.

Sí, en el país reinaba por completo el orden, pensaba Erzsébet con ironía, pues ese orden en realidad era destrucción y ruina; no obstante, en su fuero interno sentía una especie de complacencia y cauta esperanza: las autoridades aún cumplían su deber y los más ingenuos todavía confiaban en que aquellas advertencias reflejaran una sólida estrategia defensiva. En las fronteras había artillería antiaérea, cazas alemanes y húngaros —nadie sabía cuántos— velaban por la integridad del país, la pérfida «formación cerrada» angloamericana que había invadido el «espacio aéreo nacional» se vería abocada al desastre, ya que nuestra defensa aérea entraría en acción y destruiría a los «agresores», que se verían obligados a lanzar sus bombas «de forma desordenada», ya incapacitados para destruir «objetivos militares»... La población civil leía y escuchaba estas noticias, y tal vez les dieran cierto crédito quienes menos sentido crítico tenían, los más confiados, los que se engañaban y se animaban con cualquier noticia falsa. Pero la mayoría de la población civil sabía que todo aquello no era más que una patraña, mera manipulación de la información bélica; al fin y al cabo, a la población civil lo mismo le daba que los pilotos enemigos soltaran sus bombas de una tonelada «de forma desordenada» o con un objetivo preciso, porque por lo general las bombas —también cuando no alcanzaban «objetivos militares», como tantas veces ocurría— impactaban en viviendas, patios, puentes y refugios.

A pesar de todo, el «orden» seguía reinando. La programación de la radio se cortaba y una ronca voz masculina anunciaba con varonil y fingida calma que «la transmisión se interrumpe por tiempo indeterminado». Días antes aún emitía música de Schubert, las melodías de *Das Dreimäderlhaus*. Ahora en cambio callaba. El programa *Noticiero de defensa aérea* cambiaba de semana en semana, ya que aún reinaba el «orden», las autoridades seguían ocupándose de la población civil, en los sótanos se almacenaba agua y arena, durante los ataques aéreos los responsables de los refugios podían dar rienda suelta a su humanismo (o la ausencia de éste), mujeres convertidas en arpías repartían órdenes indiscriminadamente con patéticos aires de suficiencia, los jubilados se volvían de pronto arrogantes y con maldad tiranizaban al colectivo que se agazapaba en los sótanos y esperaba lo que le deparara el futuro... Pero todo aquello seguía siendo «orden». Y de pronto la radio volvía a emitir, difundiendo con sonido crepitante marchas militares destinadas a infundir ánimos en los cobardes y pusilánimes.

Resultaba que «una formación enemiga superior en número» —en otras palabras, un enjambre de fortalezas volantes americanas que relucían en el cielo como mariposas plateadas y a las que nada ni nadie podía detener, ni los pocos cazas de la «defensa aérea nacional» ni los rugientes cañones antiaéreos— ya había sobrevolado la región de Bácska y la ciudad de Baja y se aproximaba al «espacio aéreo de la capital». En los refugios subterráneos se oían ya los cañones, el sordo estruendo de los aviones, al principio lejano, pero que al cabo de unos instantes podría convertirse en una explosión tan cercana que decidiera la vida o la muerte...

A veces la radio alertaba, dictaba medidas, hacía llamamientos a los camioneros para que se reunieran lo más pronto posible aquí o allá tras los ataques, porque tendrían mucho trabajo... En alguna parte, entre el cielo y la tierra, aún había autoridades que con decretos y órdenes se comportaban como si todavía ejercieran algún poder real, como si las incursiones aéreas fueran meros accidentes a los que acabarían por imponerse con superioridad aplastante. Y luego se oía el aullido de las sirenas, la radio daba la señal de que el peligro aéreo había terminado, la gente abandonaba presurosa los refugios y salía a la calle, con el rostro vuelto hacia la luz, y regresaba tambaleante a las habitaciones sin calefacción, con las ventanas abiertas, para seguir tomando la sopa ya fría, o almorzar o telefonear, si es que aún había línea. Los tranvías reanudaban el servicio. Y todo eso porque aún reinaba el «orden».

En algún punto se derrumbaba un edificio, un centenar de personas perdía la vida, desaparecía de la faz de la tierra una calle... pero «nuestra casa» seguía en su sitio, «nuestro piso» continuaba intacto, uno continuaba con vida y las autoridades estaban allí, velando por todos. Entonces, la radio emitía canciones populares llenas de brío y buen humor, o, como si nada hubiera ocurrido, comunicaba las nuevas disposiciones en vigor: al día siguiente con la cartilla de racionamiento podrían obtenerse doscientos gramos de carne de carnero, o informaba sobre la marcha de la contienda: los japoneses habían aplastado a la marina estadounidense... El «peligro aéreo» había terminado, y uno seguía con vida.

Racimos de personas colgaban de los tranvías, de los refugios subterráneos emergían mujeres como ebrias, que se apresuraban a hacer la compra o a una cita o, agotadas, se acostaban a dormir a las cuatro de la tarde en su piso todavía intacto. Tiempo atrás los ataques seguían cierta pauta regular. Si había un ataque serio por la mañana, se podía prever que por la tarde sólo se bombardearía en provincias o que incluso al día siguiente no hubiera ninguno. «No somos tan importantes —decían los más optimistas, con arrogancia pero temblando de miedo—, no les interesa derrochar bombas costosas atacándonos dos veces al día.» De modo que por las tardes, teatros, cines y cafeterías se llenaban. La ciudad bullía hasta las diez de la noche.

Los restaurantes estaban repletos. Pero hacia las diez todos llamaban al *maître* y pedían la cuenta, porque había corrido el rumor de que la radio había enmudecido. «Pasarán de largo», decían algunos, haciendo un gesto despectivo con la mano; no obstante, llamaban al *maître*, masticaban y tragaban deprisa los últimos bocados. En las casas, las madres arrebujaban en mantas a sus hijos dormidos y por las ventanas abiertas, en plena noche, en las oscuras calles, resonaba la voz viril y metálica del locutor radiofónico: «Ataque de una formación enemiga menor en la zona norte del país», anunciaba, y en muchos pisos respiraban aliviados y se iban a dormir. La zona norte quedaba lejos.

«Están llevando armas a Tito, sólo van de paso», decían los enterados. Así vivió la ciudad durante el verano, reteniendo el aliento y con el corazón palpitante, impostando indiferencia y calma o presa de un terror genuino. A todo esto puede habituarse uno, pensaba en ocasiones Erzsébet. La gente viajaba en tranvía, de pronto las sirenas aullaban, las personas echaban a correr, se metían en el refugio subterráneo de un edificio cercano, se mezclaban con desconocidos, la luz eléctrica se encendía o apagaba en el sótano, caían las bombas, rugían los cañones. No obstante, seguía habiendo un «orden». Tras los ataques, la gente volvía a la calle, subía al tranvía y luego se alegraba de encontrar en su sitio la casa adonde iba o a las personas que pensaba visitar.

En primavera y verano los días y las noches habían sido perturbados a ritmo regular y frecuente por los bombardeos ingleses, y hubo jornadas en que la ciudad vivió aterrorizada, tanto que a la primera señal sospechosa de la radio se iniciaba una migración masiva hacia las cuevas de Buda, en el barrio del Castillo, que tenían fama de seguras. Luego eso también pasó. Después, las provincias fueron las más castigadas, o bombardeaban los arrabales, las plantas industriales... Pero de pronto la ciudad se apaciguó.

Erzsébet piensa en esos tiempos, se acomoda la bolsa bajo la nuca y cierra los ojos. Vuelven a bombardear en las cercanías.

—Los rusos sólo tiran bombas pequeñas y baratas —dice una voz triste a su lado.

Es un hombre mayor, harapiento y sin afeitar, que le habla a su vecino con la voz temblorosa y estridente de los viejos, pero que parece saber lo que dice. Aún no lo había visto en el refugio. Hay desconocidos por todas partes. El hombre habla con la simpatía del proletario, como quien está de parte del ejército soviético y piensa que los rusos no quieren castigar duramente la ciudad, sólo bombardean porque deben hacerlo. Al mencionar lo de las «bombas baratas» quería decir: «Las que merece nuestra miserable condición.» Erzsébet sonríe porque en la voz del viejo percibe el miedo y la turbación.

En efecto, los rusos no tiran bombas de una o seis toneladas, como hicieron los americanos en Alemania, en Hamburgo y Berlín, cuando una sola bomba había borrado manzanas enteras de la faz de la tierra. Las rusas son de un par de quintales, pero muchas, cada vez más y a un ritmo tan regular y repetitivo que no hay lugar para el equívoco. Esas bombas «pequeñas y baratas» caen del cielo sin tregua, día y noche. Y ahora retumban muy cerca.

A veces, de repente deja de oírse el zumbido en el sótano. La gente escucha ya el fragor del mundo exterior con todo su sistema nervioso, no sólo con el oído. Ahora están juntos los vecinos del edificio y los desconocidos llegados por casualidad, por ejemplo, la joven junto a Erzsébet que viste una especie de disfraz: como de vagabunda, de mujer de las afueras. Pero en su silencio, en sus gestos, en su modo de comportarse se nota que no es más que un disfraz. Los inquilinos de la casa, los antiguos moradores, nerviosos y locuaces, dan instrucciones y en sus palabras se nota que saben que esta noche sucederá algo irremediable, que no estarán allí unas pocas horas para resguardarse de las bombas «pequeñas y baratas», sino que permanecerán mucho tiempo. Todos los que están allí abajo sienten que por fin se ha hecho realidad lo que esperaban y para lo que han estado preparándose. Alguien pone en marcha un gramófono. Después la luz se apaga.

Durante dos días más aún hay agua. En Nochebuena todavía tenían, al menos bajo tierra salía un chorro fino de la tubería del lavadero; Erzsébet se acuerda muy bien. En Nochebuena aún había muchas cosas: alguien puso un gramófono en el local de al lado, un coro entonó el villancico *Ángel del cielo*, luego escucharon piezas clásicas, con aire absorto e inspirado; más adelante habían puesto incluso discos de canciones de moda. Todos comieron mucho, e incluso las mujeres bebieron aguardiente. Ya saben que esa vida —la de ciento cuarenta personas en el sótano sobre colchones y camas plegables, junto a fogones comunes, sentadas encima de sus pertenencias que protegen con el cuerpo, contra los otros pero también contra el peligro inminente, aún lejano aunque inevitable—, esa vida de roedor, llena de parloteos y a veces de estridencias, no es una breve etapa de transición, sino la realidad para la que han estado preparándose.

Y curiosamente esta situación, que hace unos días nadie hubiera imaginado en toda su magnitud, no resulta tan insoportable como habían sospechado. Ya no se distingue la noche del día, el mediodía de la madrugada: todos saben que existe aún, pero no como dos jornadas antes, cuando entre una bomba y otra aún era posible salir al aire libre mientras aguardaban lo que ahora por fin ha llegado, lo que ahora ya puede olerse y tocarse.

Porque huele, ya al cabo del primer día flota un espeso, acre y rancio tufo a humanidad. Sin embargo, en aquel encierro hay un elemento tranquilizador, como en toda realidad para la que uno se conciencia durante largo tiempo y luego, cuando llega, resulta distinta de la imaginada, aunque no demasiado. Saben que eso es el asedio. El edificio aún sigue en su sitio, y algunos suben durante una hora a sus pisos. De momento, la obstinada y convulsa tendencia a robar que, al cabo de unas semanas, se ha extendido entre los habitantes de la ciudad sitiada aún se manifiesta tímidamente. Pero en los intervalos entre bombardeos algunos van a sus viviendas y luego vuelven con pequeños bultos que esconden presurosos entre las almohadas de su cobijo o en sitios más seguros.

El sótano y el zaguán se llenan de sombras vacilantes, en el edificio vacío deambulan mozos que traen y llevan noticias de la calle. Ya no hay electricidad, al tercer día se acaba el agua, durante dos jornadas viven de las reservas, luego se inician las salidas apresuradas para traer agua de la fuente de una calle cercana, a las nueve de la noche o las cinco de la madrugada, en cuanto reina el silencio... Un hombre sigiloso, entre edificios dañados, con vasijas y cubos, rumbo a la fuente. Porque a veces reina el silencio.

Como toda empresa humana, el asedio también se desarrolla según ciertas reglas. Ahora todos comprenden que un asedio, en especial el de una gran ciudad, no es algo improvisado sino una operación premeditada, planificada y ejecutada con burocrático rigor. El asedio es estable, no se trata de ataques ocasionales; es una realidad. Una realidad más terrible y a la vez más sencilla de lo que imaginaban. Al cuarto día esta realidad es ya la vida de las ciento cuarenta personas en el oscuro sótano, con la luz ocasional de las velas, entre letrinas improvisadas y con reservas de agua estrictamente racionadas.

Los alimentos aún abundan. Todos tienen más de lo que necesitan. En los fogones comunales hierven cacerolas de la mañana a la noche, como si prepararan un banquete nupcial o funerario en el infierno. Por el aire cargado se extiende el aroma y el sabor de platos apetitosos, en una cazuela chisporrotea manteca de cerdo, cuyo aroma se entremezcla con el rancio olor del repollo. Pero uno se acostumbra a los olores más rápido de lo que pueda creerse, también a la oscuridad, a la falta de agua e incluso a que no haya diferencia entre el día y la noche. Sólo existe una unidad para medir el tiempo, una sola dimensión: el asedio.

Y ese asedio por fin ha llegado, opinión que también comparten los ansiosos y los asustados. Ya no se trata de que vaya a empezar, no es una hipótesis, no es un quizá o un tal vez, sino una realidad como la vida o la muerte. Y eso es casi mejor que todo lo anterior.

Erzsébet está instalada cómodamente en su rincón. A veces se acerca al fogón, calienta algo para su propio consumo en el hogar común. Tiene bizcochos, conservas, en una bolsa de papel ha traído un kilo de guisantes y habas. La robusta cocinera del primer piso, empleada de un consejero de Estado, se ofrece a prepararle la comida a ella y otros más. El asedio es una realidad y sigue una especie de orden interno y externo. El asedio existe en la ciudad y en el refugio. Reconocer este hecho, esta realidad, es lo único que da consistencia y razón a la vida. Porque lo que empieza siempre tiene un fin, y entonces todo habrá terminado; ahora el único deber es sobrevivir.

Y no es un reto tan sobrehumano como podría imaginarse. No hay que escalar las murallas de una ciudad ni lanzar antorchas de brea ardiente al enemigo, como aparece en los libros. Este asedio es diferente. La mayoría de los que lo viven sólo tienen la tarea de sobrevivir sin cometer errores; lo más sabio es no ponerse nervioso inútilmente, beber agua con moderación, permanecer tranquilamente tumbado y esperar.

¿Esperar a qué? Pues a eso... a la vida o la muerte. Las bombas a veces explotan cerca, lo que asusta y deja extenuado; pero, al fin y al cabo, mientras no caigan justo aquí, sobre el edificio, a sus habitantes no les queda más tarea que permanecer en calma y esperar. Hay posibilidad de salvación incluso si una bomba impactara sobre el edificio, sí, también entonces, si cayeran varias bombas en el edificio, no morirían todos. Los que están en el sótano tienen a mano el pico, la arena, la palanca. Quienes resulten ilesos podrán derribar la tapia que comunica con el sótano contiguo. En esta guerra no se usan gases, y una bomba no mata a todo el personal. Así pues, hay que esperar tumbado y relajado, sin consumir más oxígeno y agua de lo necesario, sin trajinar mucho, soportando la pestilencia de las letrinas, la maloliente promiscuidad... Sí, eso es el asedio.

Erzsébet lo soporta todo. No se rebela. Su padre se encuentra en peor situación y Tibor ni siquiera está allí. El hedor, el estruendo de las bombas, el miedo, todo ello no la afecta tan de cerca. Siente una tranquilidad desconocida, una serenidad inesperada, como un regalo. Igual que un enfermo grave hacia el final, cuando la enfermedad ha dejado de ensañarse con furia y en el alma del moribundo apenas resta más que una dulce aceptación que lo lleva a asumir su destino... Yace tendida entre la joven disfrazada de vagabunda y el taciturno tullido.

Rara vez se dirigen la palabra, sólo para decidir sobre las necesidades del momento. Se siente afortunada, ha elegido unos vecinos agradables. El tullido tiene una lámpara de aceite que a veces enciende y a cuya débil luz lee su voluminoso libro. Erzsébet no pregunta de qué libro se trata, pues no le apetece leer. Está acostada en el sótano de un edificio de la ciudad sitiada, como en una extraña sala de hospital, donde la ambulancia la hubiera depositado tras una larga y misteriosa enfermedad. Ahora sólo resta permanecer en esa sala junto a los otros enfermos, hasta el día en que todo cambie.

¿Y cómo cambiará? La joven lo ignora, pero su corazón siente una templada espera, una confianza humilde, que la prepara para aceptar lo que el futuro le depare. Como si extendiera ambas manos hacia el destino, con gesto familiar, atávico, como en la infancia se tiende la mano hacia lo que se conoce, hacia la madre... Y así descansa.

3

En el edificio vecino se desata un incendio, pero logran extinguirlo. Y una madrugada, la siniestra actividad cuyo sonido recuerda a las máquinas de una fábrica se inicia más temprano de lo normal. Porque el asedio tiene horario y ritmo propios. El asedio de una gran ciudad —ahora ya todos lo comprenden, el millón y medio de personas, incluida Erzsébet y sus compañeros del refugio— es una empresa vinculada no sólo a maquinaria y fatalidad, sino también a seres humanos. Lo que implica posibilidades que tranquilizan. La llevan a cabo seres humanos con ayuda de máquinas, seres desconocidos, bolcheviques. Sí, pero en el fondo son personas, porque en pleno asedio las máquinas, manejadas por hombres, también tienen su tiempo de silencio. Callan y descansan.

¿A qué se dedican en esos momentos de calma los sitiadores, en esa situación terrible, entre sótanos y manzanas de viviendas destruidas? Seguramente a lo mismo que los habitantes de la ciudad: a descansar. Comen algo, cargan y engrasan las máquinas, avanzan lentamente metralleta en mano bajo tierra y sobre ella, por sótanos de miles de edificios. Y en cada sótano hay otros seres humanos que los esperan, los esperan aunque ayer fueran nazis o fascistas; porque ahora, paralelamente a la resistencia y la defensa oficial, desde el gran cuerpo de la ciudad se eleva ya una extraña llamada, una atracción que invita, que exhorta a los asediantes a venir, a llegar ya. Todos los esperan, aun sus adversarios.

Tal vez los esperan hasta los soldados alemanes; antes de morir, un extraño deseo se revela en sus mentes y sus cuerpos: el deseo de ver llegar por fin al enemigo, de poder ir a su encuentro, y de que al final cuanto está ocurriendo en los pestilentes sótanos, en las madrigueras de la muerte, tenga un sentido. Esta espera al menos decide el desenlace del asedio. Erzsébet la siente en su cuerpo, siente esta llamada, al igual que los demás ocupantes del sótano, al igual que todos en la ciudad, un millón y medio de personas.

Muchos esperan a los sitiadores con castañeteo de dientes, aterrorizados, furiosos y desesperados, creyendo que los aguarda un destino terrible... y sin embargo lo esperan. El desenlace del asedio está decidido, lo saben todos en los sótanos, en las calles, en la ciudad.

Porque a veces llegan noticias de la ciudad a oscuras. La radio ya no emite. No hay luz. Traer agua de las fuentes o las casas vecinas es una empresa cada vez más arriesgada. Algunos hombres salen, casi siempre después de las nueve de la noche, con cubos y marmitas. Avanzan en fila india, acompañados por las mujeres hasta la salida del refugio. A veces alguno no vuelve. ¿Qué ha sucedido? Una metralla de granada, un obús, una bala perdida o cualquier otro accidente a la vez banal y sombrío. Pero el grupo sale todas las noches, y cada noche hay gente nueva que lo engrosa; por ejemplo, un pálido veterinario que durante cinco días no se ha atrevido a emprender estas excursiones plagadas de peligros mortales, pero que un día, de pronto, tiene un arranque de heroísmo, agarra una marmita y un cubo y se convierte en aguador.

Su esposa lo acompaña hasta el patio, pálida y en silencio. ¿De dónde surge ese heroísmo? Seguro que tampoco él lo sabe. La gente ahora se muestra imprevisible. Pero la espera, la llamada, la atracción por los hechos está tan viva en los cuerpos y las conciencias que genera pulsiones y conductas compulsivas. En sus almas surge el deseo de superar ese momento, saber que ha terminado para pasar a otra cosa, a cualquiera...

Se han acostumbrado al asedio, ya saben lo que es. Dado que es obra de seres humanos, la mayoría de las veces se inicia a las seis y media o siete de la mañana, hasta las ocho, las nueve de la noche, a veces hasta más tarde... ¿En qué consiste? Pues en esa extraña mezcla de bombas que caen, de granadas que estallan, de aviones que rugen, de metralletas que tabletean; esa sorda armonía es casi soportable, incluso cuando suena vez más cerca, o cuando parece retumbar, moler, serrar, tronar en el edificio de al lado... Un estruendo de máquinas propio de una fábrica, como si una improbable planta industrial cada amanecer se pusiera en funcionamiento gracias a distintos grupos de obreros que trabajan por turnos.

Ya empieza, piensa Erzsébet de madrugada, en su cobijo.

Y cada persona en la ciudad piensa lo mismo. Ya saben cómo empieza: con cañones y lanzaminas u otro tipo de armas. Todos son ahora expertos en armamento. Los nervios auditivos funcionan con la misma sensibilidad que los ópticos; transmiten informaciones irrefutables, a las que nada se puede objetar. En la gran fábrica que es la guerra —esta guerra moderna, marcada por las máquinas— hay muchas plantas industriales similares. Budapest no es más que una. Y en todas partes trajinan y martillean. ¿Qué están fabricando? ¿La paz? ¿Un mundo mejor, más próspero y racional?

Erzsébet lo ignora. El estruendo, ese estrépito amortiguado y sin embargo ensordecedor, es la respuesta a todo y no permite que su conciencia analice y comprenda nada. Luego, de pronto, al caer la noche se hace el silencio. Y a esa hora, ¿en qué se ocupan los combatientes? ¿Estarán heridos y ensangrentados? ¿Cómo son? Nadie lo sabe. El gran ejército ruso llega de las tinieblas, de lo desconocido. Ella es incapaz de imaginarse cómo es un soldado soviético, su uniforme, sus armas, su comportamiento. ¿Y su rostro? Son eslavos... es lo único que sabe. En las calles cuelgan carteles que los representan como bestias feroces, inclementes, desprovistas de cualquier rasgo humano, que roban y asesinan... ¿Serán así los bolcheviques? Erzsébet intuye, sabe que es propaganda falsa, que distorsiona la realidad. Los bolcheviques son hombres, seres humanos, exactamente iguales a quienes están ocultos en el sótano. Por la noche, tras los combates, seguramente querrán lavarse y comer algo. Luego dormirán, como puedan, entre máquinas asesinas, sobre el suelo, de cualquier manera, como sea. Pero el orden del asedio, el horario de la muerte, se impone por igual a combatientes y asediados.

Y una mañana parece que esa obertura monótona suena con mayor animación que cualquier otra música, la cacofonía acústica de la maquinaria bélica que se pone en marcha resuena con más intensidad. El sótano despierta del duermevela, la gente se incorpora sobre sus colchones cochambrosos, presta atención. Alguien ya se ha enterado de que los sitiadores se acercan, están aquí, muy cerca de nuestra «manzana». Y esta palabra cobra de pronto un sentido especial.

Como si alguien pronunciara la palabra «patria», una versión más conocida, más restringida de la existencia. Porque aún ayer existía un mundo al que se pertenecía. Y había además un continente, ahora en peligro, con catedrales, hogares y casas, viaductos, paisajes, música de Bach y libros, Europa... Y luego ese mismo concepto se restringió todavía más: se trataba de la patria, que de pronto emergía a la luz y en la conciencia de las personas y cobraba un sentido extraño, más significativo que el que había tenido hasta entonces: la patria, los Cárpatos, la llanura, por donde ahora avanzan la caballería y los tanques rusos.

Más tarde el concepto de patria también se fue reduciendo; cada día fue más pequeño, sólo quedaban unas zonas, algunas ciudades conocidas, luego apenas la gran ciudad; y ahora, dentro de la ciudad, barrios que se rinden uno tras otro; y, por fin, las manzanas de edificios.

¿Y después? ¿Qué vendrá después? El edificio donde están Erzsébet y los otros, y allí dentro, el sótano y el rincón; porque eso también habrá que ocuparlo, palmo a palmo. Y ahora, de madrugada, cuando el estruendo mecánico se oye más cerca, la gente hacinada y encerrada ya no habla del mundo, de Europa, de la patria o de la gran ciudad, sino de su manzana, tan sólo de la manzana, que se ha convertido en la patria: unos pocos edificios, unas cuantas casas de vecinos delimitadas por cuatro calles. La guerra ha llegado hasta aquí, a una de las casas vecinas, a la tienda de ultramarinos de la esquina.

Durante mucho tiempo la guerra había azotado otras tierras, las llanuras de Ucrania, las orillas del Volga, Normandía; uno compraba el periódico y lo hojeaba, luego se centraba en leer atentamente qué alimentos entregarían al día siguiente con la cartilla de racionamiento... Pero ya no hay periódicos. Y la guerra está ahí, se la oye jadear. Como si en la oscuridad un monstruo se inclinara sobre uno: las víctimas sienten en la nuca su aliento fétido, salvaje y ardiente; está husmeándolas. Los habitantes del sótano empiezan a prepararse. ¿Para qué? Para una especie de recibimiento. Unos pasan los dedos por sus tesoros ocultos. Otros recogen febrilmente sus pertenencias. Una mujer se peina y se viste, como si se preparara para una cita o una reunión mundana.

La guerra ya está aquí, muy cerca, en las esquinas de la manzana; los habitantes del sótano necesitan tiempo para aprender que la guerra mide el espacio y el tiempo de forma distinta que la paz. Ahora que han experimentado esta dura realidad en su propia piel, comprenden que la guerra no sólo se refiere a entidades abstractas, como continentes y países, sino que está ahí, en el entorno más próximo. La guerra está ahí, se percibe su respiración jadeante, su aliento cálido y hediondo, muy cerca, al lado, en esta misma calle o tres calles más allá... pero todavía no ha llegado hasta aquí mismo. A oscuras, todos permanecen alerta con la mirada fija y aguzando el oído, como la presa que advierte la cercanía del cazador.

Pero el cazador no se mueve. Y la espera de lo inminente es tal vez lo peor que pueda haber. La guerra con sus botas de siete leguas cruza los Cárpatos, llega desde Normandía o el Volga, pero de pronto se detiene en la calle vecina. ¿Qué estará haciendo? ¿Reuniendo fuerzas? Apenas unos metros separan a los asediados del instante en que la guerra entrará en su sótano, pero ahora parece una distancia abisal, como hace un año miles de kilómetros. Y comienza una espera impotente, muda e inerte, de varios días.

Y de nuevo llega gente con noticias, pero ahora con la cabeza ensangrentada, el brazo envuelto en sucios vendajes, como los supervivientes representados en antiguos cuadros de batallas, y anuncian que dos calles más allá, en una plaza donde bajo el primer sol invernal, hace unas semanas, aún jugaban los niños, ha llegado la guerra. Los alemanes se han atrincherado en la plaza, han reconquistado dos sótanos, han mandado a los vecinos a las bocacalles adyacentes, han organizado nuevas posiciones en el edificio de la esquina, en el piso con balcón de un dentista. Los rusos también están ahí, ante los alemanes, en el sótano del cine de una calle lateral. Por eso la contienda enmudece en los alrededores de la manzana: los contendientes se hallan próximos, cara a cara. Por eso no hay bombardeos desde hace dos días: los aviones rusos no atacan la manzana para evitar bajas en su propio bando.

¿Y más lejos? ¿En la ciudad? ¿En Buda?... Todos parecen estar al corriente de desembarcos que ya no tienen como escenario el Mediterráneo, sino el atracadero del transbordador a orillas del Danubio, de «batallas decisivas» en el paseo junto al río, donde los sitiadores han ocupado dos famosos hoteles y cuatro cafeterías de moda. ¿Y los puentes?... Muchos creen que aún están en pie. Otros dicen que los alemanes colocaron en una de las ventanas del Palacio Real la bandera negra, señal de que no renunciarán a Budapest, de que combatirán hasta la última calle, la última casa, el último sótano y el último soldado.

Y entretanto, esta calma densa, imprevista, que ya dura días. ¿Cuántas jornadas de asedio han transcurrido? ¿Diez, doce? Nadie lleva la cuenta. Los días se confunden con las noches como ocurre en las enfermedades graves: no se distingue el momento de la jornada, y tampoco lo que sucede a cada uno de los individuos que viven en la manzana y el sótano. El tiempo se funde, convirtiéndose en algo compacto y untuoso. También los rostros humanos. Erzsébet vive con lentitud en esa atmósfera densa y pegajosa, como un animal en letargo: con el metabolismo retardado, con la respiración y los latidos ralentizados.

Ahora todos viven de igual modo. A veces pasan cosas; alguien enferma o muere, como el hombre de tres camas más allá, que falleció de cáncer de páncreas. Era un anciano silencioso que trajo al sótano, al infierno del asedio, su propio destino personal. Según cuentan, era inspector de los ferrocarriles estatales. Nadie lo conocía. Llegó al inicio del asedio acompañado por su esposa, una enjuta mujer rubia; la anciana pareja se sentó en un rincón, ella no hablaba con nadie, él no se quejaba. Erzsébet sólo veía que la mujer, de cuando en cuando, inyectaba morfina a su marido. Una noche el enfermo exhaló su último suspiro sin pronunciar palabra. Su esposa ni siquiera lloró.

Aquella madrugada se oyeron fuertes detonaciones en torno al edificio. Erzsébet ayudó en los preparativos para enterrar al hombre en el patio: envolvieron el cadáver en una sábana, un sucio lienzo que la mujer había enrollado con diligencia alrededor del consumido cuerpo, y luego ajustado con imperdibles, como si preparara una momia en la antigüedad. Nadie se fijaba en ellos tres, el médico del refugio, la viuda y Erzsébet, los únicos que se afanaban con el cadáver;

los habitantes del sótano hablaban de otro tema, en sordina y con voz queda, como los adultos en presencia de niños cuando no quieren que oigan cosas que dan asco o miedo. «Cáncer de páncreas», decía a veces la mujer sin dejar su tarea, con los imperdibles entre los dientes; lo decía con tono dolorido y solicitud asustada, como si mencionara ante un juez una circunstancia atenuante. Parecía consciente de que su presencia y la muerte de su marido causaban contratiempos innecesarios a la gente del refugio, e insistía en encontrar una justificación, en asegurar que ni el difunto ni ella tenían la culpa, que todo se debía al cáncer de páncreas.

Había envuelto a conciencia el cadáver en la sábana, ajustándola mucho. «Para que quede bien apretada», dijo precipitadamente sin que nadie, ni siquiera Erzsébet, se asombrara de tan extraña explicación. Luego dos hombres —el portero y el médico— levantaron el envoltorio a hombros y salieron al patio. Nevaba. La nieve y la niebla cubrían el suelo y no se veía el cielo. Erzsébet acompañó el breve cortejo fúnebre detrás de la viuda. Se detuvo ante la fosa que el portero había cavado durante la noche y respiró hondo. Lo único en que pensó y que le dolió aquella mañana fue no poder contemplar el cielo.

La fosa era rudimentaria, medio metro de profundidad, pues en terreno helado ni con pico puede cavarse más. Colocaron al difunto en el fondo y lo taparon con tierra. Ahora yace allí, junto al cortafuegos, bajo los ventanucos de los retretes de los criados, un desconocido enfermo de cáncer a quien la guerra llevó al sótano de un edificio y que murió sin pronunciar palabra, inmerso en el sopor de la morfina, rodeado de estruendos sobre y bajo la tierra.

El portero clavó sobre la fosa una cruz improvisada. Esa muerte «civil» en plena guerra era tan real como la de quienes perecían por bala o metralla, pensó Erzsébet al leer el texto escrito en la tabla. Vivió cincuenta y seis años. Inspector de los FF.CC. del Estado. En ese momento, a la joven le habría gustado comprender qué es el hombre y si todo eso, las empresas humanas, los esfuerzos y los sufrimientos, responden a algún objetivo. ¿Qué pensaría su padre? ¿Qué relación hay con el cosmos, con las estrellas? No había nadie a quien preguntárselo. Regresaron al sótano.

El asedio remite por unos días en torno a la manzana. La guerra ruge y retumba de nuevo más lejos; con un estruendo que parece un trueno subterráneo. Los habitantes del sótano, con el instinto ciego de los seres que viven bajo tierra, se preparan en esos momentos de calma precaria. El peligro, la única cosa que da sentido a sus vidas —al igual que el dolor es lo único que estimula las neuronas de un enfermo—, parece haberse atenuado. Pero saben que es pasajero. Y como en el caso de un enfermo grave, en los pocos instantes en que el dolor cede y deja de torturar, se preparan para el final, para la acometida de un dolor agudo y definitivo.

Han enterrado al inspector de ferrocarriles, pero nadie habla de ello. Ni en las palabras ni en la conducta de la gente hay un ápice de compasión, más bien un sordo resentimiento, como si consideraran una grosera falta de tacto que alguien hubiera ido a morir de cáncer de páncreas, en medio del peligro general, entre ellos y sus ansiosos preparativos. Como si dijeran: «Es el colmo. ¡Qué inoportuno! ¡Menudo excéntrico!» La viuda percibe la hostilidad y se esfuerza por pasar inadvertida entre la muchedumbre del sótano; no presume de su luto, que, como todo luto reciente, sin duda también la alivia, y en estas circunstancias más aún, ya que la alimentación, las necesidades y la impotencia del moribundo han representado una tarea difícil y agotadora, una carga para la mujer, un deber más pesado y doloroso ahora que en cualquier otra situación.

Ya ha muerto, está enterrado fuera, en el patio. Hay mucha gente enterrada en tumbas improvisadas, en los patios de las casas. Una chica saca de una leñera el cadáver de su madre y se lo carga a hombros para llevarlo a una fosa común en una plaza cercana, pero como ese día no cesan los bombardeos, nadie la ayuda. Los habitantes del sótano no lo mencionan. El ambiente es cada vez más hostil: al principio sólo se enfadaban con la gente que interfería en el orden subterráneo de convivencia, que moría, enfermaba o fastidiaba con alguna exigencia; luego la tomaron con los más listos, que se las apañaban mejor, conseguían más agua, comían bocados más sabrosos, se comunicaban con el mundo exterior; y ahora se enfadan unos con otros, con cuantos comparten con ellos la misma situación. La rabia que va acumulándose y espesándose, por un tiempo sólo se manifiesta en gritos irritados y breves riñas.

Dos mujeres se pelean junto al fogón, alguien ha robado la orza de la manteca... Porque allí abajo ya incluso roban, aún no de forma tan general y compulsiva como semanas más tarde, cuando la decadencia será total; se trata más bien de hurtos esporádicos, impulsados por una tentación pasajera. Pero roban. Ya no hay reglas y los vínculos sociales se han distendido.

Erzsébet conoce a poca gente en el edificio. En el sótano no tiene amigos. Y esa vida subterránea, la promiscuidad debida al asedio, no brinda ocasión para conocer gente. Simplemente toma nota de que la «gente más distinguida», aunque cada vez más resentida, trata de acercarse a la «gente sencilla» con una afabilidad histriónica que suena hipócrita; porque los rusos están cerca y los «distinguidos» temen por su futuro.

Un anciano abogado, alto funcionario del Estado, ocupa con su mujer e hija un hueco separado, e incluso allí tienen cocinera y criada y mantienen el estilo de vida que llevaban antes, en su vivienda de ocho habitaciones del primer piso, y tratan de distanciarse de los demás y conservar su estatus social. Y curiosamente, ahora que los rusos, los bolcheviques, están cerca, dicho rango no lo respetan tanto el propio abogado y su familia cuanto la «gente sencilla», los proletarios... A la esposa del alto funcionario todos siguen llamándola «ilustrísima señora».

Erzsébet no conoce a nadie en esta feria humana subterránea, pero en la penumbra, en el caos tumultuoso, se perfilan a grandes rasgos ciertos comportamientos, y advierte con estupor que en el último instante todo toma un rumbo diferente al que había imaginado. Porque allí convive toda clase de gente, nobles, ricos, cultivados, pequeñoburgueses, un sastre, un bombero, un profesor de universidad cuyo rostro le suena a Erzsébet, un comerciante que acaba de empezar su negocio y se ha enriquecido de la noche a la mañana —después de que los decretos fascistas y la violencia acabaran con los comerciantes judíos—, un abogado, alguien que comercia con vitriolo azul; toda clase de personas. En otro rincón también hay un cerrajero tísico, con cinco hijos y sin mujer. Y dos carboneros, que se pasan todo el día borrachos, nutriéndose de reservas de alcohol de secreta procedencia; cada tanto echan un trago que los mantiene en la soporífera ebriedad con que tratan de aturdirse desde que empezó el asedio.

Rodeada de esta multitud en ebullición, que se agita con voces cada vez más desconfiadas e irritadas,

Erzsébet intuye, aunque no pueda verbalizarlo, lo que está cambiando en el ánimo de la gente.

Sí, porque algo está sucediendo en el alma de todas esas personas hacinadas, que se pelean y tiemblan de miedo, que charlan con incómoda afabilidad o replican con desconfianza y preocupación. Lo que está cambiando se advierte fuera, en la calle, en las callejuelas de la manzana. ¿Qué es, pues? En ocasiones, Erzsébet cree saberlo.

La gente espera e invoca algo. ¿El qué? ¿A los rusos? ¿El final del asedio? Por supuesto, desean con todas sus fuerzas que aquello acabe, pero también otra cosa. ¿Y qué es? Erzsébet reflexiona, tumbada en la oscuridad cada vez más cochambrosa, más pegajosa, más rancia e impregnada de hedor humano, pero no consigue dar con la respuesta. La espera que se ha apoderado de la gente es bulliciosa y no la designan con palabras. Nadie sabe de verdad qué quiere. Las ilustrísimas mujer e hija del alto funcionario estatal querrían seguir siendo tales a toda costa, pero de modo discreto, casi sin revelar su rango; querrían sobrevivir el asedio con esa especie de distinción de incógnito. A las horas de las comidas, la ilustrísima señora comparte ostentosamente los alimentos de su fogón con los pobres, con la prole del cerrajero tísico, y éste se dirige a la anciana dama con idéntica afectación llamándola «su ilustrísima».

Los ilustres y los proletarios se sienten inseguros y perplejos. Ninguno sabe con certeza qué les depararán las próximas horas. ¿Qué harán los comunistas? ¿Qué tipo de orden impondrán? ¿Quién será el señor y quién el criado? Su ilustrísima tilda de «queridos amigos» a los carboneros ebrios y quiere brindar con ellos con coñac francés; los hombres se ponen en pie y con manos temblorosas alzan sus copas de vino a la salud de su ilustrísima con voz ronca y alta.

Todos están desconcertados. Tal vez mañana o esa misma noche, el señor deje de serlo y el pobre no sepa quién se convertirá en más pobre. ¿Él mismo, quizá? Erzsébet tiene la impresión de que los pobres se comportan de forma inusual. Se muestran demasiado corteses, como si dudaran de que esa compleja y misteriosa dependencia que ha marcado su vida pueda cambiar de un día para otro. La experiencia, el instinto y el recelo se traslucen en cada una de sus palabras y gestos. Una experiencia que no tiene diez años, ni cien, sino tal vez varios milenios. El anciano de voz estridente y temblorosa, que la primera noche de asedio había soltado un entusiasta discurso sobre las «pequeñas y baratas» bombas rusas, escucha la conversación que en horas más tranquilas mantienen los «señores» y los «pobres», reunidos en un rincón en torno a una vela. El viejo parpadea, chupa su pipa con cautela, pero no interviene. Su rostro marchito, arrugado, de rala barba, trasluce recelo y su sonrisa, cautela. Como si dijera: «Sé lo que sé. Todo va a cambiar. Sólo hace falta esperar un poco más.»

Y Erzsébet intuye que el viejo, los carboneros y el cerrajero que esputa flema tienen razón: lo que ellos saben no se limita a las circunstancias, ni está vinculado a la experiencia horrible pero pasajera del asedio... Saben algo desde épocas inmemoriales, desde el principio de los tiempos.

Y su ilustrísima y el profesor universitario... Son muchos, pero a veces aparecen incluso nuevos personajes. Erzsébet es incapaz de llevar la cuenta, es como un tren en marcha en que los rasgos personales de los pasajeros se desdibujan en el constante cambio. Así pues, los «señores», la clase media o aquellos que se hallan más arriba o más abajo en el escalafón, cada día que pasa se sienten más inseguros. La joven piensa casi con tristeza que en el sótano no hay ningún «caballero» —la única clase de persona ausente en ese microcosmos—. Hay «señores», «ilustrísimos» y «señorías», pero todos se muestran vacilantes, demasiado afables, condescendientes, tratan con excesiva familiaridad a sus iguales, tanto como a los «pobres» y los «queridos amigos»; se han vuelto muy expansivos, como si ahora, en el último instante, cayeran los muros que separan las clases y hubiera que decir y explicar cuanto se ha callado durante años, en el sótano, en el piso de ocho habitaciones de la primera planta y en el cuarto alquilado del tercer piso, que da a la terraza. Se nota que los «señores» están pensando: «En momentos de peligro, todos somos seres humanos, tratemos de entendernos y querernos.» Pero «caballeros»... ¿dónde los hay? ¿Dónde están los hombres de ese rango?, se pregunta Erzsébet.

Al menos su vecino inválido está callado. No conversa, no busca la amistad de los proletarios, no quiere aliarse de pronto con los de otra clase social. Es evidente que se trata también de un señor: tiene una manta de lana escocesa; la camisa, la corbata, el abrigo, su ropa de cama, todas sus prendas son señoriales, de calidad y escogidas con esmero. Es calvo, de unos cincuenta años, incluso menos. Siempre tiene a mano, junto a la camilla, un curioso bastón que parece una muleta, con punta de goma. Se levanta una vez al día, con tremendo esfuerzo y movimientos muy complicados, como de gimnasta o circense, y apoyándose con ambas manos en el bastón se encamina a duras penas hacia la letrina.

No dirige la palabra a nadie, pero si le preguntan sonríe y contesta con tranquilidad. Los pocos pasos que da desde la camilla hasta el pestilente agujero que, en los últimos días, ciento cuarenta personas han contribuido a ensuciar, deben de suponerle un esfuerzo de voluntad que Erzsébet ni siquiera es capaz de imaginar, pero cuya tensión interna intuye. Sin duda, el hombre calcula cada movimiento como el acróbata que en lo alto del trapecio realiza un balanceo mortal: la joven ha observado muchas veces su lucha silenciosa cuando extiende las manos desde la camilla, agarra la empuñadura del bastón, rinde el tórax y, ayudándose con el peso del torso, arrastra fuera de la camilla las piernas paralizadas. Así avanza, desahuciado pero determinado, una vez al día hacia la letrina.

No tiene a nadie. Erzsébet no se acuerda de quiénes lo trajeron en la camilla. Eran unos tipos desconocidos que lo depositaron en el rincón, como un paquete, y luego se esfumaron. Y el hombre se quedó solo, con su manta escocesa, su ropa interior y una maleta, siempre al alcance de su mano. Dispone de un termo, de comida, todo seleccionado con buen criterio. Por lo visto, y pese a su parálisis, se preparó a conciencia para el asedio, se preparó muy bien para esta empresa, como para una excursión extraordinaria en la jungla o una mina... El termo, el recipiente que conserva la comida caliente, los artículos y utensilios necesarios para el aseo, los medicamentos, todo lo tiene al alcance, como a bordo de un barco de emigrantes, donde la situación es precaria y cada uno dispone, entre tantos desconocidos, de un espacio reducido.

Ese desconocido se ha instalado a bordo de esta extraña embarcación que es un sótano de la ciudad asediada; aprovecha cada centímetro alrededor de la camilla, todo indica que ahorra gestos, palabras, incluso miradas, porque necesita sus escasas fuerzas para sobrevivir en estas semanas críticas. No tiene a nadie; y la soledad que lo circunda resulta extraña, sospechosa.

Todos saben que ese hombre tiene una buena razón para estar solo, no es casual que unos desconocidos lo dejaran allí. Tal vez sea judío. Porque en el sótano también los hay, quizá más de uno; eso a nadie se le escapa. Al otro lado, en el tercer recinto, se agazapa en la penumbra un técnico dental judío que logró escapar de la fábrica de ladrillos adonde lo habían llevado. Posee documentos falsos, eso también lo saben, tanto el portero como el encargado de la comunidad. Pero ahora son muchos los que se afanan por ayudar a los judíos, porque los rusos están muy cerca, y tal vez en el último momento hacer la vista gorda ante un judío escondido pueda suponerles un punto a favor.

Sin embargo, el destino de los judíos es cada vez más incierto, incluso ahora, cuando los rusos están a tiro de piedra; sí, ahora corren casi mayor peligro que antes. Nadie sabe lo que sucede en el gueto de Budapest, donde los cruces flechadas y los alemanes encerraron a los judíos de la ciudad. ¿Cuántos habrá allí dentro? ¿Setenta mil? ¿Cien mil? ¿Los habrán matado? ¿O estarán aún vivos pero languideciendo de hambre? No obstante, muchos están escondidos en la ciudad, en los sótanos de las casas asediadas, decenas de miles. Permanecen ocultos y son muchos los que lo saben y muchos más los que los ayudan y callan; aunque no todos.

Porque el vigésimo cuarto día del asedio, Erzsébet y los demás habitantes del sótano despiertan por la noche a causa de unos ruidos y gritos. El día anterior fue duro, los aviones soviéticos realizaron dieciocho ataques sobre la zona y el segundo piso del edificio sufrió dos impactos, así que los pobladores del sótano se han dormido exhaustos, en estado de alerta. Y de pronto los despiertan chillidos y un haz luminoso. Entre los colchones y las tumbonas de la parte central abovedada, en pleno desorden, en la oscuridad apestosa por el hedor de las secreciones humanas, de la cocina, del efluvio de cuerpos sucios, entre gente arrebujada en el desorden de edredones y mantas, aturdida por el mal olor de su propio cuerpo, acongojada por el miedo a la muerte y los nervios destrozados, que duerme entre gemidos y ronquidos, entre todo eso ha aparecido de pronto un extraño grupo.

Enseguida corre el murmullo de que se trata de soldados cruces flechadas. En medio del desorden hediondo resaltan cuatro figuras: un enano jorobado como un bufón, un larguirucho con el rostro picado de viruelas y abrigo de cuero, al que los otros llaman hermano Szappanos, y dos jóvenes gordos, evidentemente borrachos, que sueltan palabrotas con voz ronca, tal vez una especie de sicarios y asistentes. El hermano Szappanos tiene el mando, pero el alma del destacamento es el enano. Llevan cazadoras y abrigos de cuero forrados de piel, metralletas y potentes linternas. El enano es quien va delante, agachándose, como si se moviera con gran facilidad bajo tierra, en el infierno, como si fuera su hábitat natural; lo sigue el comandante, serio y enjuto, luego los esbirros y finalmente el encargado de la comunidad, pálido y barbudo, y el pánfilo del portero, que al menos en apariencia siempre se ha mostrado amable y complaciente con los miserables del sótano. Ahora, sin embargo, camina de forma distinta. Sujeta un gran paquete. El hermano Szappanos lo conoce, pues lo trata con familiaridad.

—Por aquí, hermano, a la izquierda —dice el portero.

Y el grupo avanza lentamente delante de la hilera de colchones donde yacen Erzsébet y sus compañeros.

En ese instante, la joven vuelve a sentir lo mismo que el día anterior: algo está pasando. Como allá arriba, en el barrio del Castillo, cuando al apoyarse contra la puerta de la casa abandonada le vino a la mente la palabra «sabatario». El portero es un «hermano», ahora ya se han dado cuenta todos. Es la segunda vez en pocos días que la joven deberá mirar a los ojos de un hombre sin parpadear, como cuando en las oscuras escaleras del edificio de enfrente tuvo que clavar la mirada en el sabatario mientras él la escrutaba apuntándola con la linterna. La luz vuelve a resplandecer, su haz recorre el rostro de Erzsébet. El enano sostiene la linterna y el larguirucho comandante se inclina hacia la joven.

—¿Ésta quién es? —pregunta con voz ronca.

—Una desconocida —contesta el portero.

Erzsébet se mueve, extiende la mano para alcanzar sus documentos, tantea en busca de los falsos papeles de Erzsébet Sós bajo el colchón, en el desorden gra siento de aquel mundo inferior. Y después, sin una palabra, igual que hace el destino, despacio, como si venciera una resistencia y obedeciera a otra fuerza, el haz luminoso del enano traza un semicírculo y se aleja de Erzsébet y sus vecinos. La penumbra los envuelve. La luz ahora indaga en otras partes, descubre otras caras; escruta rostros horrorizados, conmocionados, curtidos en el asedio y los efluvios inmundos de la vida subterránea, los examina con calma, como si tuviera todo el tiempo del mundo, como si los rusos lucharan muy lejos y en la ciudad aún imperara una sola policía, un solo control, un solo tipo de redadas nocturnas... De esa manera examinan a la gente el hermano Szappanos y sus esbirros, seguidos por el portero, que carga bajo el brazo el abultado paquete con el botín.

Se alejan lentamente, la luz va guiando al oscuro grupo, como el relámpago frío de una obsesión guía a un demente. Y la joven siente un gélido escalofrío. Piensa que esa visita nocturna pertenece al ámbito del delirio. No puede concebirse racionalmente que la gente siga hasta el último instante robando, destruyendo vidas y bienes sin propósito alguno, sólo porque se le presente la oportunidad. Ni siquiera pueden disfrutar de los bienes robados y el destino de las víctimas ya no puede influir en el desenlace del asedio... ¿Qué quieren, pues, el hermano Szappanos, el enano y los demás? ¿Persiguen algún objetivo?

La demencia carece de propósitos. Un demente hace cosas sin objetivo ni razón, simplemente por hacerlo: se saca las muelas con un clavo oxidado, o profiere palabras sin sentido creyendo que es un dialecto noruego. En cambio, esta noche ésos están haciendo algo.

Así es; y del recinto vecino llega un grito histérico. Los visitantes nocturnos no han venido en vano. Una trémula voz de hombre suplica ahogadamente, seguida de otras que parecen ladridos, roncas y soeces. Han encontrado lo que buscaban, y todos, ciento cuarenta personas presas de un terror paralizante y mudo, saben lo que han encontrado: al judío escondido, al técnico dental. El «hermano» portero ha terminado por delatar el secreto común que compartían en el refugio. Seguramente ha recibido una recompensa de los hermanos; los bultos que carga forman parte del botín. Quizá lo sedujera alguna promesa, o ha sido simplemente la naturaleza humana, el placer y la ebriedad de la maldad, lo que le ha hecho delatar a ese pobre desgraciado que lleva tres semanas viviendo allí, lívido de miedo y angustia...

Los hermanos celebran la presa y el botín como una jauría de perros que al final de la batida, entre ladridos, se arroja contra el animal perseguido. El haz luminoso recorre errabundo el sótano vecino. Nadie habla. Ciento cuarenta personas permanecen en silencio, sólo se oye el carraspeo ronco, iracundo y cruel de los verdugos. La víctima también calla. El grupo abandona el sótano.

Los instantes siguientes son interminables. El disparo que todos esperan no tarda en oírse; suena como un chasquido apagado, pues las bóvedas del sótano absorben y neutralizan el ruido seco. Nadie se mueve.

En el refugio hay dos funcionarios de correos, ambos inquilinos del edificio. Uno de ellos, de cierta edad, es consejero general y el otro, jefe de una sucursal de barrio. Son los primeros en decir algo. Parecen movidos a hablar por la pertenencia a la misma administración: desconcertados e indignados, interpretan una especie de dúo que protesta por lo sucedido. El consejero es el primero en atacar, y el jefe de sucursal le contesta en tono lastimero, indignado pero aun así sumiso.

—Ya se lo he dicho muchas veces —dice en la oscuridad—: esos tipos están exagerando las cosas...

—Ésos ya no parecen seres humanos. Es demasiado, demasiado...

De repente, todos se ponen a hablar a la vez, como un coro que se extiende por los tres sótanos; hablan, pronuncian frases incongruentes. El «es demasiado» del jefe de sucursal les parece a todos la expresión acertada, como si con eso hubiera dado voz a los pensamientos de los moradores del sótano con una buena fórmula que ejerce un efecto liberador sobre sus almas. Algunas mujeres empiezan a gimotear y chillar, los carboneros vocean con fervor ebrio que se disponen a actuar, pero los disuaden. El lema «es demasiado» restalla y resuena en las gargantas.

Por fin se puede hablar... pero ¿de qué? Parece como si, en la confusión y la verborrea del remordimiento, al fin cada uno tuviera la oportunidad de desahogarse, de librarse de una pesada carga y demostrar que en lo sucedido han sido cómplices, sí, pero «hasta aquí y no en nada más». En la oscuridad se gritan de un recinto a otro del sótano. Mujeres, hombres y niños, todos chillan, echan pestes del portero que «siempre fue un tipo sospechoso», se compadecen de la víctima, maldicen a los cruces flechadas. Pero saben que no es más que palabrería, arrebatos hueros.

Sin embargo, Erzsébet siente, y con ella muchos en el sótano, que la cuestión es otra. La cuestión es que lo que ha pasado ha sido real y le ha sucedido ante sus ojos a alguien de carne y hueso, al que conocían personalmente; y eso justo «es demasiado». Porque si hubiera acaecido en la otra calle o en el edificio de al lado, también habría sido un «exceso», como dijo ayer el profesor en el intervalo entre un bombardeo y otro, entre charlas y sorbos de *pálinka*, pero en todo caso no habría sucedido aquí, a un palmo de distancia, de modo que la responsabilidad de los presentes también hubiera sido menor, mucho menor... Eso piensan. No obstante, ahora no sólo ha ocurrido lo que ha ocurrido —del refugio y de la comunidad forjada por el destino común del asedio se han llevado a un pobre desgraciado y lo han matado en el patio—, sino que también ellos, los presentes, están implicados en el asesinato. ¿Implicados? ¿En qué sentido?

Por el simple hecho de estar aquí. Por no haber un muro o una calle entre ellos y lo sucedido. Estaban presentes, oyeron las débiles y balbucientes protestas del condenado, y se mantuvieron mudos y paralizados por el horror y el asco mientras el hermano Szappanos, el portero, el enano y los esbirros sacaban y mataban a alguien, sin que nadie interviniera. Pero ¿qué podían haber hecho? Ésta es la pregunta que ninguno se formula en voz alta, pero que resuena vibrante en la conciencia de todos.

No podían hacer nada porque los verdugos aparecieron armados con metralletas; no podían hacer nada porque ellos, los testigos y al mismo tiempo cómplices, estaban desarmados; no podían hacer nada porque el portero era un traidor... Entonces ¿a qué viene esta inquietud? No se explica sólo por la muerte de un hombre. Los que chillan en tono estridente, ahora ya violento, en realidad están inquietos por sí mismos, es a sí mismos a quienes pretenden absolver... pero ¿quién los ha acusado?

¿Los rusos? Todavía no están aquí, sino a diez, a cien metros, pero además ¿quién conoce los criterios con los que juzgarán situaciones, personas y responsabilidades? No, la inquietud que de pronto experimentan todos los ciudadanos es individual; pues lo que ayer estaba aún escrito en los periódicos o circulaba como voces alarmistas difundidas por «pusilánimes», «invenciones de judíos y de plutócratas bolcheviques», hoy ha entrado en sus vidas, ya no es una noticia sino la realidad, de la cual son responsables. Han comprendido que lo que sucedió en Polonia, en Ucrania, en los campos alemanes, en los sótanos de los cuarteles de ciudades francesas, belgas, holandesas, noruegas, austriacas, checas y serbias no son «noticias alarmistas» ni «mera propaganda», sino su responsabilidad personal.

Se han dado cuenta de que son responsables. Por eso gritan. Y Erzsébet se siente también responsable. Todo el que presencie y no impida un... Pero ¿cómo?, por el amor de Dios. ¿Enfrentándose a una metralleta? ¿A tanques y cañones? ¿O de alguna otra forma, como sea, oponiendo resistencia interior?... Ahora lo comprenden.

Y entienden algo más. Es como si la muerte del judío hubiera dado sentido, medida y objeto a esa situación pegajosa y repugnante, pero familiar y natural, que viven: de pronto comprenden que la visita del hermano Szappanos y sus esbirros, la traición del portero, la imprevista capa de silencio —como si la guerra, esa criatura feroz, hubiera contenido la respiración por un instante para luego rugir aún más fuerte—, todo ello, forma un conjunto orgánico. Porque ha llegado el momento en que su situación ya no puede mantenerse artificialmente, por la fuerza. Ahora deben actuar, o si no algo les sucederá: ciento cuarenta personas empiezan a agitarse, a prepararse, a actuar con una disposición común, como si ese caos humano fuera un solo cuerpo dotado de innumerables brazos y piernas.

Se movilizan, se preparan. Y ahora de nuevo la guerra se hace oír... Muy cerca, con un estruendo moderado pero un objetivo claro. El objetivo —ya lo saben todos— es la carne, el trigo del país. Son las dos de la madrugada. Las ametralladoras tabletean, pero no caen bombas; también esto indica que los rusos están cerca. Entre los preparativos generales —tan confusos e insensatos como la tranquilidad y resignación de los días precedentes— los dos funcionarios de correos adoptan una conducta extraña.

Van de un lado a otro, hablan muy fuerte, alterados. Parecen no reparar en el hormiguero inesperadamente reanimado, el grupo humano resucitado que, presa del pánico, discute, recoge sus cosas, se levanta nervioso de su lecho mugriento, birla cuanto tiene al alcance de la mano, lanza acusaciones, chilla y se dispone a irse... ¿Irse? ¿Adónde? La visita de los cruces flechadas, el atraco y la ejecución nocturna han conmocionado a los habitantes del sótano.

Más tarde llegan unos fugitivos desgreñados. Traen noticias. Uno de ellos afirma que los rusos ya están en el edificio de al lado, luchando delante del portal de la esquina y en la entrada del sótano, y que los alemanes, al replegarse por esta calle, pasarán por el sótano, y entonces se verán obligados a seguirlos. Esta hipótesis no es inverosímil. No ha transcurrido un día sin que llegaran rumores sobre evacuaciones similares cuando los alemanes, que luchan bajo tierra, se presentan en un refugio y obligan a salir a sus moradores a la calle, al improvisado campo de batalla, para atrincherarse ellos durante horas o días en el sótano desalojado expeditivamente.

Del piso superior llega tambaleándose un hombre con noticias aciagas. Los cruces flechadas se han llevado al portero, el «hermano» que los ayudó a transportar el botín. El cadáver del técnico dental yace en el zaguán, delante de la portería. En la primera planta, cinco soldados de las SS han colocado un nido de ametralladoras en el balcón del piso del alto funcionario estatal, desde donde disparan contra la esquina, pues detrás de unas barricadas improvisadas están los rusos.

Todos saben que es verdad, que no son noticias alarmistas. Los hombres se congregan en pequeños grupos, afanándose con hatillos y bolsas; las mujeres, sentadas en los colchones, parecen tan anonadadas como aquel a quien han echado de su propia casa, como si el sótano fuera en verdad el último refugio y hogar en este mundo. Y en esta confusión general e imprevista, en el pánico vociferante que a veces se calma, desalentado, los dos hombres de correos van de un lado a otro sin dejar de discutir.

Erzsébet oye lo que dicen. A todas luces, su discusión es un poco forzada. Dos pequeñoburgueses que incluso ahora, en el caos general, en el desorden final, siguen preservando fragmentos del orden maniático que dio sentido a su vida. Ya han llegado a un acuerdo respecto a que «es demasiado» y ahora hablan de lo que «no fue demasiado»... Se interrumpen uno a otro, de pronto tienen prisa por aclarar la cuestión. En su voz se trasluce que son conscientes de que ya no disponen de mucho tiempo.

—A mí el asunto ya dejó de gustarme —explica el mayor— cuando sacaron a los judíos de sus casas y los obligaron a llevar la estrella amarilla. Porque eso no es sólo una cuestión judía. Ya entonces se lo comenté al secretario de Estado... —añade, y pronuncia un nombre.

—Sí, eso fue un exceso —lo interrumpe el jefe de sucursal con voz temblorosa, y traga saliva. Es evidente que se debate contra sus propios prejuicios, siente que ha llegado la hora de tomar posición, ya no puede aplazarlo más.

Ambos son conscientes de que se hallan en un momento crucial en que los dos, honorables miembros de la sociedad, están obligados a tomar partido públicamente. Han esperado bastante para hacerlo, piensa Erzsébet.

—Porque esto no es simplemente una cuestión judía —afirma el mayor y, haciendo una pausa para que lo oigan todos, añade—: Esto es una cuestión de humanismo. —Mira alrededor con orgullo, observando la reacción, a ver si despierta algún eco la declaración, de extraordinaria importancia para él y sus circunstancias, que ha hecho tras una larga reflexión y después de vencer una dura resistencia interior.

Pero sólo le prestan atención Erzsébet, su joven vecina y el tullido de la camilla; los carboneros husmean por el mundo puesto patas arriba por si pueden apropiarse de algo, a ellos eso del humanismo les es indiferente.

Los de correos se envalentonan.

—Yo también lo dije —apunta el jefe de sucursal, aún nervioso—; un día le toca a otro, pero luego puede tocarte a ti. Lo que les pasa a los judíos, al día siguiente puede pasarnos a nosotros. Ayer los metieron en vagones, pero ¿quién sabe si mañana harán lo mismo con nosotros? —Habla con coherencia, se nota que lleva tiempo incubando esa duda.

Su superior asiente.

—Quizá; aún no hemos llegado a ese extremo —dice con cautela y pasea la mirada en torno. Luego cambia de tema—: Siempre me han hablado bien del correo ruso. Tiene una organización perfecta.

Y ambos se alejan.

En la oscuridad, Erzsébet esboza una sonrisa involuntaria, dolorosa. Le gustaría borrarla, como un sudor impuro y morboso.

—Eso no es lo peor —comenta su vecina, sorprendiéndola.

Habla en susurros pero con vehemencia, como si gritara con la boca tapada por un pañuelo. Ha pasado dieciocho días acostada inmóvil al lado de Erzsébet, como fingiéndose muerta. Estaba acurrucada en su cobijo, pero era como si ni siquiera estuviera. Durante dieciocho días ha logrado crear en torno a sí una especie de halo de invisibilidad, con la extraordinaria habilidad que tienen ciertos animales de camuflarse en caso de peligro, mimetizándose con el ambiente. Ha vivido sin hacer ruido alguno, sin rechistar; ahora que ha hablado, Erzsébet de pronto comprende que esa criatura ha ejecutado una especie de truco de magia, una metamorfosis voluntaria e instintiva, de la cual el ser humano sólo es capaz en caso de peligro extremo: se ha excluido de esa comunidad subterránea que la asqueaba y lo ha hecho sin levantar la menor sospecha o llamar la atención. A nadie se le ha ocurrido preguntar quién es esa mujer que a veces, con la cautela de un animal vagabundo, se acerca a la cocina común para sisar un plato de sopa o de habas.

Erzsébet no se acuerda de haber visto a su extraña compañera salir por agua o ir a hacer sus necesidades. Pero ahora ha tomado la palabra.

Habla como si la voz de su cuerpo y la de su destino le dijeran que finalmente ha llegado el momento de hacerlo. Y habla porque lleva mucho tiempo callada, porque su cuerpo está henchido de lo que tiene que decir, lleno de una especie de veneno que se extiende por su organismo. A Erzsébet no le extraña. Durante todo el tiempo su silencio le había parecido elocuente, sabía que había huido de algún sitio, que su ropa era un disfraz y su invisibilidad en un rincón, una puesta en escena. Ahora ha llegado el momento en que por fin pueden romper el silencio.

No son sólo los funcionarios de correos quienes tienen la sensación de que «es demasiado». Es como si los habitantes del sótano se estuvieran preparando para llevar a término algo extremo, como una emigración en masa, una rebelión o un empeño de consecuencias imprevisibles... Ha llegado el momento; tal vez dentro de poco los alemanes traigan una solución, o quizá los rusos; pero lo cierto es que ya se puede hablar.

Pero por ahora sólo con vehemencia contenida, como esta joven. Da la impresión de que los moradores subterráneos hubieran enloquecido y empezado a desnudarse, como si un ardor insoportable abrasara sus cuerpos, como si en el sótano se hubiera prendido un fuego oculto, y ya no pudieran seguir a la espera ni perder tiempo en los preparativos: todos sueltan lo que callaron no solamente ayer o en los dieciocho días y noches anteriores, sino durante años, a lo largo del doloroso curso de sus vidas.

Así, la joven ha hablado y Erzsébet le pregunta:

—¿Qué es lo peor?

Están tumbadas boca arriba, una junto a otra, igual que durante las largas horas de los días y noches pasados, en una inactividad que sin embargo agota tanto como un gran esfuerzo físico. Es la primera vez que se dirigen la palabra, porque ahora se puede. Naturalmente, hasta entonces el hombre de la camilla, el vecino a la derecha de Erzsébet, la mujer a su izquierda y la misma Erzsébet se han dicho algunas cosas: palabras circunstanciales, sugerencias para mitigar los pesares de la vida subterránea, pareceres acerca de los ataques, del ruido procedente del mundo exterior. Se ayudaban mutuamente en caso de necesidad y, hasta donde podían, compartían el agua y la comida. Pero hasta entonces ninguno de los tres se había dirigido a los demás personalmente, ni siquiera sabían sus nombres.

Nombre, personalidad, todo se ha desvanecido allí abajo, como si cada uno participara envuelto en niebla en ese atroz baile de máscaras subterráneo. Sin embargo, agazapados en su rincón, aunque intercambien frases banales y mantengan contactos ocasionales y superficiales, saben que están unidos en una comunidad.

Entre gente vociferante, que día a día y hora a hora se vuelve más ruda y olvida y reniega sin recato de toda convención social, que se despoja con prisa neurasténica de la «cultura» y de las frágiles y caducas buenas maneras, ellos tres, a través de sus intercambios circunstanciales, saben que tienen cosas en común. En los diez meses anteriores, Erzsébet ha aprendido que uno no precisa palabras para comunicarse con la gente. En diez meses y en el caos de los últimos veinticuatro días y noches ha aprendido un modo de entrar en contacto más sensible y fiable que las palabras, hecho de miradas, silencios, gestos y mensajes aún más sutiles; es el modo en que lo íntimo de un ser humano reacciona a la llamada de otro, esa complicidad silenciosa que en momentos de peligro da a la mutua pregunta una respuesta más inequívoca que cualquier confesión o explicación y cuyo significado es: estoy contigo, pienso lo mismo que tú, me tortura el mismo problema, estamos de acuerdo...

Esta muda e intensa información es más convincente que cualquier otra cosa. El ser humano es así o asá, por tanto o está en el bando de los agresores, cuyas hordas se lanzan como caníbales al asalto blandiendo sus fustas, o está en el otro bando, el de los agredidos, los perseguidos o, simplemente, los que forman parte de la inmensa masa de quienes sienten y piensan de otra manera. Porque cuanto más estridente y fiero es el griterío de la horda de los perseguidores, tanto más densa y triste es la masa de la orilla opuesta: el grupo de los que piensan de otra manera.

Erzsébet ya sabe que eso no basta; no basta con pensar de otra manera; en la vida llega un momento en que hay que actuar también de otra forma. No basta con pensar algo, esa «distinción» hay que expresarla algún día, ya sea con palabras o acciones... El consejero general está tratando de venderse bien, piensa Erzsébet, espera que el correo ruso sea «fiable», y que por tanto, para él, un fiel funcionario de correos, haya trabajo, seguramente un buen puesto, en el nuevo régimen.

Pero su vecina se ha decidido a hablar. Tras haber intercambiado sólo frases ocasionales, ha pronunciado las primeras palabras verdaderas, esas que la conciernen personalmente, que emergen de lo más profundo del alma y la conciencia.

—Lo peor —dice— no es cuando llegan así, de improviso. Que uno sólo tenga miedo, eso no es lo peor. Tampoco si a uno se lo llevan de repente y lo matan, pues no dura mucho... Hay algo peor.

Estas palabras que sólo oyen dos personas —Erzsébet y su vecino tullido— manan de la mujer a través de la máscara, del disfraz, como la sangre en un cuerpo herido.

—¿Qué es lo peor? —repite Erzsébet.

La mujer no responde enseguida.

—El doctor —dice al fin en tono neutro.

Erzsébet reflexiona. Ese lacónico diálogo le causa la misma impresión que estar leyendo un libro en que un censor despiadado hubiera tachado toda frase superflua, dejando sólo la cruda información que comunica lo esencial, el sentido profundo.

—¿Qué doctor? —pregunta luego con el mismo distanciamiento cómplice, como si comprendiera perfectamente lo que la mujer quiere decir, como si las condiciones, las premisas, las circunstancias, ya hubieran sido discutidas y por tanto se pudiera pasar ya a la conclusión.

—El del campo de concentración.

Erzsébet comprende y calla. El alboroto en el sótano es tan insoportable como si en las salas de un manicomio se hubieran sublevado los enfermos. La voz de la mujer le llega ecuánime, sin inflexión, por encima del ruido general. Pero su distanciamiento conmociona, resulta más atroz que si se hubiera puesto a gritar. En su voz arde una llama que no da calor, sin luz ni chispa, pero abrasadora. Erzsébet no pregunta a qué médico ni a qué campo de concentración se refiere. Ya lo sabe.

—Tuvieron suerte los que nada más llegar fueron colocados al lado de los viejos, los niños y los débiles —continúa la joven sin que se lo pida, en tono informal—. Enseguida los llevaron a la ducha. A la mañana siguiente ya se habían convertido en cenizas, no se enteraron de nada. Pero los que primero fueron obligados a trabajar, todas las semanas tenían que pasar ante el doctor, y eso era lo terrible. Porque entonces sabían lo que les esperaba. Era entonces cuando el doctor levantaba la mano —prosigue impasible, y Erzsébet no sólo escucha, sino que también ve lo que relata; gracias a sus palabras ve cómo ese doctor levanta la mano—. Era un hombre de modales impecables. Nunca discutía con nadie, ni gritaba. Era alto, llevaba uniforme y gafas, y tenía unos ojos puros, serenos y azules. Cuando me ponían a sus órdenes siempre se dirigía a mí diciendo: *Fräulein. Bitte, Fräulein.* Jamás me hablaba de otra forma. También se mostraba cortés con los médicos judíos, y con los médicos polacos que eran elegidos para ayudarlo. No gritaba como los de las SS, nunca hacía daño a nadie, ni tocaba a nadie ni siquiera con un dedo. Tal vez hubiera sido mejor que gritara —añade alzando la voz—. Esa disciplina muda, ¿comprende?... Eso era lo peor, lo peor de todo.

Erzsébet se hace cargo. No percibe las palabras de su vecina sólo con el oído y la razón, sino con todo el cuerpo, hasta con los pies y las manos.

—Por supuesto que en el campo ya sabían lo que suponía que el doctor levantara la mano. Estaba allí cada semana con sus ayudantes en medio de la gran sala y todos desfilaban ante él, desnudos, hombres y mujeres, mientras él se limitaba a observarlos con interés y circunspección. Era una persona muy concienzuda —explica con una extraña admiración—. Le bastó echar una ojeada a mi padre para mandarlo a la ducha. Yo estaba en el otro grupo, entre los jóvenes, en el lado opuesto. Habíamos llegado juntos, pero en vagones distintos. Mi padre, por suerte, no me vio cuando bajé y nos pusieron en la fila.

Hace una pausa. Erzsébet espera. El tono de la mujer, siempre sereno, sigue siendo coloquial.

—¿Por qué por suerte? —se atreve a preguntarle Erzsébet.

—Porque no puede preverse lo que ocurrirá en ese momento, justo después de bajar del vagón —contesta—, cuando por casualidad los miembros de una familia vuelven a encontrarse y el doctor los examina y con la mano indica que se pongan a la derecha o la izquierda... Mi padre era una persona muy disciplinada. Un oficial del ejército. Un oficial en activo, y a esos antiguos oficiales en servicio les inculcaban una rígida disciplina en tiempos de Francisco José, en Wiener Neustadt. Más tarde, por el testimonio de algunas personas que habían viajado en su mismo vagón me enteré de que fue él quien mantuvo la moral del grupo hasta el último instante; organizaba, consolaba a la gente, confiaba en que todo sería mejor a partir de entonces, al fin y al cabo los alemanes eran gente civilizada; trabajarían para ellos, decía. Viajaba con un grupo de niños procedentes de un orfanato judío. Luego los metieron juntos en la cámara de gas, a él, al viejo, y a los niños, a todos los que sobraban. Pero entonces eso aún lo ignorábamos... Decían que los llevaban a la ducha. Quién sabe lo que habría hecho si me hubiera visto al otro lado, entre las mujeres. Porque una vieja con la que yo viajaba, al ver a su hija, que había llegado en un transporte diferente, al otro lado, salió trastornada de la fila. Fue terrible.

—¿Por qué terrible?

—Porque no estaba permitido salirse de la fila. Había seis mil personas desnudas en fila, ¿entiende? Una mujer de las SS se acercó a la anciana, se quitó el cinturón de cuero y la estranguló.

Los de correos pasan ante ellas, así que bajan la voz.

—En Rusia ya pagan hasta intereses por los depósitos de banco —va diciendo el jefe de la sucursal.

—Dos coma cinco por ciento —matiza complacido el consejero. Y agrega en tono esperanzado—: Tal vez tres.

—¿La estranguló ante seis mil personas? —inquiere Erzsébet.

—Por salirse de la fila —contesta la otra—. No estaba permitido. Pero el doctor jamás hizo nada similar. Él simplemente observaba con suma atención, con aquellos ojos azules, con la mirada que sólo tienen quienes conocen perfectamente lo que ven. Conocía el cuerpo humano como pocos. Es verdad que ya poseía una gran experiencia. Había examinado de ese modo a cientos de miles de personas en los años precedentes, tal vez hasta a un millón. Se notaba que no había secretos para él, como ocurre con los joyeros, ¿me comprende?... Los joyeros saben valorar así, de una ojeada, sin ningún tipo de instrumental, si una joya es auténtica o una imitación, si se trata de un metal noble o no. El doctor conocía igual de bien el cuerpo humano. Sólo con mirarlo sabía si estaba sano o enfermo, si se curaría en menos de una semana o necesitaría más. A quien sanaba en menos de una semana lo mandaban al hospital. A mí me enviaron allí. No estaba mal. Siempre que no te mandaran a una unidad de experimentación se estaba bien, las camas estaban limpias y había mejor comida que en el campo. Y todo tipo de medicamentos para que uno se curara... aunque, claro, sólo en caso de que te recuperaras en menos de ocho días. Una comisión pasaba todas las semanas por el hospital. En esos días los enfermos recibían mejor comida, y entonces lo sabíamos... A la cabeza de la comisión marchaba el doctor, se detenía ante las camas y luego levantaba la mano y hacía una seña. A derecha o izquierda, ¿comprende?... —Ahora habla con impaciencia, alzando la voz; pero en el sótano reina tal caos que nadie la oye.

La sucia materia humana que ha fermentado durante semanas en la miseria del asedio ahora parece hervir. Las peleas se suceden.

—Ya están aquí los alemanes —anuncia pálido el profesor desde la puerta del sótano.

—¿Aquí dónde? —pregunta belicoso el jefe de sucursal.

—¡No saldremos! —grita el consejero de correos—. Esto es una infamia. ¡Queremos quedarnos aquí! —Pero sus gritos se pierden en el bullicio general.

—Imagine a un hombre que conoce el cuerpo humano —continúa la mujer—, sabe la fuerza de trabajo que queda en un cuerpo, nunca se equivoca. Es capaz de tasar el valor de un cuerpo por kilos, nervios, jornadas y calorías. Y lleva años y años analizando cuerpos desnudos, judíos, polacos, holandeses, serbios, belgas, noruegos. Sabe cuántos meses o semanas dura la fuerza de un cuerpo. Entiende de ello. Así como un trapero tampoco desecha un trozo de tela, porque sabe que en un gran bulto el trozo algún valor tiene y se puede aprovechar para fabricar papel, de la misma manera el doctor sabe lo que vale un polaco delgado o un húngaro de cincuenta años. Y luego levanta la mano y hace una seña. Fíjese, después de ver ese ademán muchas veces comprendí hasta qué punto los alemanes son un pueblo musical... No es broma, lo digo en serio. Les encanta la música. Siempre que podía, el doctor encendía su gramófono, en el consultorio tenía discos preciosos, Bach interpretado por la Filarmónica de Londres, y Mozart. Y aquel gesto con que indicaba a derecha o izquierda, a la cámara de gas o unas semanas más de trabajo, ese movimiento de la mano parecía el de un director de orquesta. Sí, sólo un músico es capaz de alzar así la mano, a la vez con un gesto suave y enérgico, impetuoso, un director de orquesta que al elevar la mano siente y controla el ritmo... ¿comprende?

En la entrada de la estancia central y abovedada del sótano está el encargado de la comunidad de vecinos, flanqueado por dos soldados alemanes. Rastrean el sótano con potentes linternas. Llevan casco de combate, metralleta al costado, extrañas armas al cinto, granadas de mano, cuchillos. Instalan un reflector. Parecen tranquilos, como un policía de tráfico entre la multitud, cuando tiene que mantenerse firme para controlar la situación que perturba el orden público.

—Dentro de diez minutos todos deberán abandonar el sótano —comunica el encargado con voz ronca, jadeante de angustia—. Pasaremos por la salida de emergencia al edificio de al lado. Podemos llevar equipaje.

Los dos alemanes no dicen nada. En el sordo silencio que sigue al anuncio —como si una mano gigantesca hubiera asido a los presentes por la garganta—, a Erzsébet le parece haber recibido una orden. La de salir ahora mismo de allí, pero no con los demás, por la salida de emergencia, sino la de atravesar la multitud desesperada, pasar junto a los alemanes, dejar atrás el edificio, cruzar la calle e ir hasta el sabatario, porque su padre se halla en peligro. De repente, tiene la sensación de que el espacio, la distancia, el tiempo, la noche, la guerra, ya no cuentan; a través de aquellos muros, a través de la noche lo único que cuenta es que su padre está en peligro y debe ir con él.

Se inclina en la oscuridad con un gesto maquinal, busca en el sucio suelo su bolso de mano y la bolsa con lo necesario para el asedio. Su vecina también está preparándose, pero no deja de hablar. Lo hace con tal indiferencia que la noticia, la orden de los alemanes de evacuar el refugio subterráneo, parece un acontecimiento ordinario, un episodio trivial al que no valiera la pena prestar atención, como si se encontrara entre una multitud que se mueve a expensas de un semáforo: con el verde se pone en marcha automáticamente junto a los demás...

—Hay que irse —dice de pasada—, pero ya no durará mucho. —Y recoge sus cosas.

—Hay que irse —repite Erzsébet. Se levanta, dispuesta a marcharse con su bolsa.

Y en ese momento una mano huesuda le coge su mano derecha, por encima de la muñeca, con un gesto suave pero enérgico. El contacto no la desagrada. Es delicado, aunque tan enérgico como cuando un hombre serio dice algo con calma pero resolución. Quien presiona su muñeca es el vecino de la izquierda, el tullido de la camilla.

—Quédese —susurra sin soltarla.

—Tengo que irme —dice Erzsébet, pero no se mueve.

—Quédese —repite el hombre—. Creo que es mejor que se quede. Al menos espere un poco —susurra, sin querer forzarla pero con persuasiva firmeza.

Ella no responde, pero por la resistencia que opone su cuerpo, la mano desconocida siente que la joven prefiere irse.

—Ahora habrá mucha confusión. La gente se agolpará, los alemanes tal vez abran fuego. Si quiere podrá marcharse más tarde, entre los últimos. No tenga prisa —insiste, como si explicara algo lógico; por su tono se deduce que es profesor y está habituado a impartir lecciones, a explicar los fenómenos del mundo, y que su trabajo consiste en enseñar de manera instructiva y convincente.

—Debo ir con mi padre —replica Erzsébet, impaciente.

—¿Quiere decir que está vivo? —pregunta él, y por su tono parece alegrarse de la buena nueva.

—Sí, está vivo... ¿Cómo sabe quién es mi padre? —recela de pronto Erzsébet, buscando la mirada del hombre en la penumbra.

—Lo conozco. Pero creía que había muerto... —contesta el hombre con tono neutro.

Erzsébet recuerda que semanas antes ella misma había oído tan agoreros rumores; en la ciudad corrió la voz de que los cruces flechadas se habían llevado a su padre y lo habían matado. Entonces ella se alegró de aquella falsedad, pues esperaba que así se olvidaran de él.

—Hace un mes aún estaba vivo —explica, también en tono distante, como si la calma del desconocido la contagiara—. Que yo sepa, sigue vivo. Ahora iré a verlo. No se halla lejos...

—Esté cerca o lejos —la interrumpe el hombre—, lo mejor es que usted no se mueva. Escúcheme. Ahora cunde el pánico. Mire alrededor. No verá otra cosa. Usted también es presa del pánico. Por eso quiere ir a ver a su padre.

El otro vecino de Erzsébet, la joven, se levanta del jergón y coge su equipaje. No ha prestado atención a lo que dicen, se la ve ensimismada en sus recuerdos, incapaz de fijarse en nada más.

—¿Vamos? —pregunta a Erzsébet de pasada, como si fuera la cosa más natural del mundo, una simple excursión, como si le preguntara si van de visita o al mercado, o a una cita nocturna... Habla y se mueve igual que una persona a quien nada de lo que pueda suceder sorprende ya, alguien que lo ha visto todo y está preparado para aceptar cualquier cosa, también que los alemanes los echen del sótano.

La situación se le representa a Erzsébet como extrañamente familiar, no es la primera vez que experimenta algo así: le parece haber vivido en el pasado lo que está sucediendo en el presente. Le viene a la mente el nombre de ese fenómeno: «el recuerdo del presente», así lo denominan neurólogos y psicólogos. Conoce el fenómeno por experiencia propia y por haberlo estudiado. Lo ha vivido muchas veces, desde la infancia, pero nunca con tanta intensidad, con tal impresión de realidad como ahora.

Esa situación excepcional, el sótano oscuro, la gente huyendo, los soldados alemanes serios y callados, todo eso le resulta familiar. Lo mismo que esa joven que de pronto, en tono coloquial y con naturalidad —aunque Erzsébet sabe que esa naturalidad refleja un estado mental próximo a la locura—, le ha contado sus recuerdos del campo de concentración y del médico que, a veces, con el gesto de un director de orquesta, alzaba la mano para ordenar a la gente a derecha o a izquierda... Y ahora también ha hablado el hombre, el tullido de la camilla, que se ha pasado los veinticuatro días del asedio sin decir más que palabras de circunstancia.

Y Erzsébet también ha oído otra voz que le avisó que había llegado el momento de salir de allí, de buscar a su padre y pasar con él las próximas horas, ocurriera lo que ocurriese... Todo resulta sencillo, familiar, presente y real; y sin embargo se parece a un delirio, como la locura o la pesadilla. Y esa situación extraordinaria, ese final de algo, esa conciencia tejida de sueño y realidad es la única certeza que Erzsébet posee; es más cierta, más tangible, más real que las personas que la rodean, que esos alemanes armados y que las húmedas paredes del sótano. Sólo en los sueños lo inconcebible parece tan natural y sencillo; cuando a las mujeres les crece barba y la gente vuela sin alas ni máquinas; cuando de pronto alguien se pone a hablar en el lenguaje de los sueños para enunciar, en esa atmósfera extraordinaria, una verdad banal y sin embargo fabulosa, que quizá despiertos nunca seríamos capaces de formular...

Hace un momento la joven ha hablado en serio por primera vez, pero Erzsébet sabe que en realidad ha estado hablando de eso ininterrumpidamente, de la única realidad que colma su cuerpo y alma: del campo de concentración, de cómo mataron a su padre ante sus ojos, de la mujer de las SS que estranguló a una anciana con el cinturón y del doctor que adoraba la música y de vez en cuando alzaba la mano. Ha hablado con la misma naturalidad con que las mujeres charlan e intercambian confidencias en una reunión de amigas, sin reticencias, porque ahora ya se puede...

Y también ha hablado el hombre; del pánico, del frenesí, de la pulsión inconsciente que ahora agita espasmódicamente a la gente; ha hablado, y sabe de dónde viene Erzsébet, conoce el nombre de su padre. En las semanas anteriores todos han callado igualmente, en la vorágine de este baile de disfraces subterráneo, pero ahora ha llegado el momento en que los bailarines de ese mundo de tinieblas dejan de dar vueltas insensatas y se arrancan las máscaras con gesto nervioso.

El hombre solitario guardaba silencio, y también callaba sobre aquello, hablando del tiempo, de bombas y de si habría agua durante la noche o si el correo ruso era fiable; y mientras, todos guardaban silencio sobre lo mismo... Ese mutismo ha encerrado y abrasado todo lo que ahora ya pueden decirse con palabras: el secreto de su existencia, el sentido cruel de su clandestinidad y la pesadilla de la situación actual.

¿Qué es esto sino sueño o locura?, piensa Erzsébet. En realidad, debe de haberlo pensado en voz alta porque el hombre le contesta.

—En el último momento no se pueden cometer errores —la instruye en tono didáctico, aunque afable—. Esta situación ya no puede durar mucho. En el sótano vecino tampoco estaríamos mejor. Hágame caso y quédese aquí.

Sí, es un profesor, piensa Erzsébet.

—Sí, señor profesor —dice.

Él no rechaza el apelativo. A la joven le parece que, en la vorágine onírica en que se ha convertido su vida en las últimas semanas, ha llegado por fin el momento de que los asistentes a este infernal baile de disfraces se presenten. Ya nadie oculta su rostro, su nombre, su personalidad, nadie tiene que dar explicaciones... Es la hora de la verdad, piensa Erzsébet. Él es el señor profesor y yo dejo de ser Erzsébet Sós para volver a llevar el apellido paterno.

—¿Qué será de mi padre? —pregunta dócilmente, como si el profesor, aunque inválido, pudiera responder a esa pregunta desde lo alto de su autoridad. Porque en esos momentos también se impone una especie de jerarquía entre la gente. Erzsébet siente que ese hombre, que durante el asedio ha guardado silencio junto a sus vecinas, excepto para intercambiar algunas frases anodinas, es una persona que tiene algún derecho... ¿Qué derecho? Es difícil decirlo, pero es como si, a su manera, llevara uniforme; como si de pronto estuviera investido de un rango, de un título, como los alemanes. Puede que incluso lleve un arma, piensa Erzsébet; no una metralleta, sino de otro tipo.

Y el hombre, como si contestara a las preguntas de la joven —no sólo a la que ha formulado, sino a las que está rumiando en ese momento—, le dice tranquilo:

—No podemos saberlo. No me atrevo a darle ánimos. Pero si ha logrado sobrevivir hasta ahora, es probable que se salve.

—¿De verdad lo cree? —inquiere ella, aferrándose emocionada a esa probabilidad.

El hombre parece reflexionar. Esta calibrando cada palabra, sabe que también son armas, igual que las ametralladoras.

—No es imposible que el ser humano posea una capacidad para percibir algo a pesar de la distancia, el espacio y el tiempo —responde por fin—. Sin duda, eso existe... Una persona manda un mensaje, llama, pide algo, y otra percibe la llamada en la distancia. Pero no conozco a su padre... simplemente lo respeto mucho. Y de momento no percibo nada.

—Entonces ¿por qué me alienta diciendo que se salvará? —replica ella angustiada.

—Porque he hecho mis cálculos —explica él pacientemente, como si hablara con una niña.

—¿Por qué hace cálculos? —le espeta ella con acritud.

—Porque es mi trabajo —explica el hombre, todavía paciente y cortés.

El sótano ya está casi vacío. La gente, entre sollozos y lamentos, es obligada a salir en fila india. Dejan atrás sus camastros vacíos y equipajes revueltos. Los dos alemanes y el encargado de la comunidad —como figuras inmóviles de una foto de grupo espectral— siguen bajo el haz del reflector. Los soldados apuntan a la espalda de quienes van saliendo. Erzsébet no puede menos que fijarse en los dos alemanes. Uno es muy joven, no tendrá más de dieciocho años. Es moreno, bajo, va sin afeitar, aunque la barba sólo despunta aquí y allá, como brochas hirsutas. Tiene un rostro pálido y serio. Su mirada, al apuntar con el arma hacia los que salen, refleja asco y horror. Sin duda tiene miedo, es muy joven y no entiende nada.

El otro alemán es un típico soldado del imperio, tal vez prusiano, alto, rubio, casi rapado, muy bien afeitado, en el rostro cicatrices de duelos con arma blanca: en la vida civil probablemente era estudiante, un héroe de las cantinas universitarias. No tiene miedo. En su rostro delgado, la sonrisa satisfecha y altiva testimonia su satisfacción: como si lo que está sucediendo fuera un divertimento, una juerga, un pasatiempo estupendo: el sótano, la gente miserable que huye como ratas, el asedio a la ciudad, la lucha contra los rusos, el peligro... Se siente en su elemento, ufano y engreído, incluso parece que le cuesta contenerse de disparar contra quienes se arrastran hacia la salida. Se lo ve cómodo y seguro de sí en esta situación, no es la primera vez que la vive, y se comporta como un artesano en su taller, rodeado de los familiares enseres del oficio.

—Y según sus cálculos, ¿mi padre se salvará? —susurra Erzsébet.

No alzan la voz porque el ruido de la gente que sale ya ha cesado y temen que los alemanes los oigan.

—No lo sé, pero eso espero —contesta en tono monocorde, y su serenidad enfurece a la joven, aunque a la vez le infunde confianza—. La probabilidad es muy alta. Si está por aquí, en esta zona, sólo podría sucederle un accidente... Pero ya todo ha acabado —afirma—. Por eso le recomiendo que se quede. Aquí no habrá combates. Si se queda callada y tranquila no repararán en nosotros y se marcharán. Si sale con los alemanes, la obligarán a ir con ellos, hacia nuevas zonas de combate... Es más inteligente quedarse.

No está sólo alentando a Erzsébet, sino que también trata de convencerse. Ha debatido consigo mismo y ha decidido.

Es un inválido, piensa ella con repentina sospecha, y es lógico que no quiera quedarse solo. Por eso desea persuadirme.

—No obstante, si le parece que en la casa vecina estará más segura, vaya. No se preocupe por mí —añade el hombre, ahora en tono más frío, casi formal.

Erzsébet se avergüenza. En momentos excepcionales, palabras y pensamientos ya no se distinguen.

—¿El señor profesor se queda? —pregunta deferente, como una escolar.

—No puedo irme, aunque quisiera —responde él, tajante—. Estoy paralítico. Pero no se inquiete por mí, le ruego que no lo haga —susurra—. Me he preparado para esto. —Y dejándose caer sobre las almohadas de la camilla, suelta la muñeca de Erzsébet, como alguien que, llegado al final de una polémica, ya no tiene nada que añadir.

La vecina se pone en marcha sin decir nada. Se detiene junto al camastro de Erzsébet, sus ojos reflejan un brillo extraño, frío y hostil.

—¿No viene? —pregunta con voz ronca—. Pues como quiera —añade con indiferencia, casi desdén.

Erzsébet siente que la joven le habla, a ella y a los demás que están en el sótano, a todos, al mundo entero, desde tan lejos como sólo lo haría una persona a quien una conmoción ha apartado para siempre del resto de la humanidad. Distante, habla de forma impersonal, como los locos; desde la otra orilla, allí donde, una vez has llegado, ya te es indiferente qué pueda reservarte la vida. Sus palabras traslucen odio, un odio avivado por la tensión de la inminente fuga. Ha experimentado algo más aparte del campo de concentración y aquel doctor... ¿Qué habrá sido ese algo? Los seres humanos, piensa Erzsébet.

Ha experimentado de qué son capaces los seres humanos cuando ya no hay leyes, dogmas ni reglas que los vinculen. Y no le importa lo que le depare la siguiente media hora, esa mujer ya no teme a los alemanes, al igual que en las veinticuatro jornadas últimas tampoco temió las bombas ni las granadas. Ha conocido otro tipo de peligros y ahora nada de lo que el hombre pueda todavía pergeñar se le antoja importante. Se marcha así, sin despedirse, casi indiferente; con su bolsa en la mano, pasa por delante de los alemanes, que la miran.

Erzsébet y el inválido saben que su futuro se decidirá en los instantes siguientes. Los alemanes miran en torno. Se mueven lentamente por el sótano vacío, sus miradas son apáticas, sólo los ojos del más joven reflejan miedo y horror insidioso. Han cumplido su deber, han echado a los del sótano; al menos eso creen. El encargado de la comunidad, pálido como un cadáver a la luz del reflector, sale tras los vecinos. El rincón donde se agazapan Erzsébet y el tullido se halla sumido en la oscuridad. El alemán rubio se inclina sobre una maleta olvidada y entreabierta; con la punta del cuchillo de combate hurga entre prendas de lencería y restos de víveres, con remilgos, como si removiera una sustancia impura con la punta de los dedos. De pronto se oyen dos silbidos agudos. Luego, disparos, chasquidos extraños; resuenan muy cerca, un sonido distinto de los oídos por Erzsébet hasta ahora. En este momento, a lo lejos, en la salida, oye que la mujer grita: «¡Liberación!» Probablemente ha dicho algo más, pero a la joven sólo le ha llegado esa palabra. Es la voz de quien grita presa del delirio.

Al oír los silbidos, los alemanes echan a correr hacia la salida, olvidándose del reflector en el suelo, cuyo crudo haz luminoso se expande como aceite hirviendo sobre el suelo empedrado.

El sótano queda vacío. Sumida en la penumbra, Erzsébet aguza el oído. Aún le parece estar oyendo la palabra «¡Liberación!», que pronuncia en voz alta como respondiendo a las tinieblas. El hombre no reacciona. Ambos están sentados en los catres desvencijados, apoyados contra la pared. Él, de brazos cruzados, permanece atento. Los tiros restallan muy cerca, en algún sótano vecino alemanes y rusos luchan cuerpo a cuerpo.

Se inclina hacia delante como si, además de con los ojos y los oídos, captara lo que sucede con el torso. Pasa un rato hasta que recapacita y reacciona al grito de la mujer y al eco de Erzsébet:

—¿Cómo dice?... Sí, creo que ya están cerca.

Escruta la oscuridad. Erzsébet se acerca a él. Ahora se siente terriblemente abandonada, sola e infeliz. Todos se han ido, los funcionarios de correos, el encargado de la comunidad, las señorías y los carboneros, también la joven desconocida que acaba de gritar desde el umbral; se han marchado, al igual que Tibor o su padre; todos los que contaban para Erzsébet están lejos. Sólo queda el reflector, con su luz inútil, como un loco con su manía; y el inválido, que sopesa, observa, calcula, porque ése es su trabajo. Erzsébet se le acerca un poco más, ya que en el silencio y la infelicidad que la inunda es el único ser humano con quien tiene algo que compartir.

A ella ya sólo le queda la guerra, la soledad y ese hombre. Y la liberación, que ya no puede tardar... Él también lo comenta:

—Creo que hemos hecho bien nuestros cálculos —dice con serena satisfacción, como el ingeniero que resuelve un complicado problema de geometría—. La salida de emergencia es un callejón ciego. Los alemanes no pueden ir hacia la izquierda, hacia la esquina; si los acorralan aquí, no les quedará más remedio que subir a los pisos superiores o salir por el patio hacia la plaza... Perdón, ¿cómo ha dicho? —pregunta volviéndose hacia Erzsébet, como percatándose de pronto de que tiene al lado a otro ser humano, angustiado por el abandono, a cuya pregunta hay que contestar con cordialidad—. ¿Liberación? Sí, los rusos ya no están lejos. Aquí ya no habrá más combates —asegura; y con su mano delicada, blanca y huesuda señala el sótano vacío.

Manos de músico, piensa Erzsébet, el mismo gesto lento del que habló la joven...

—No habrá más combates y pronto los rusos estarán aquí —repite, como si hubiera llegado a la solución de un difícil teorema después de una profunda y larga discusión consigo mismo; y luego, satisfecho y fatigado ahora que el peligro ha pasado, se recuesta en su lecho de enfermo.

Erzsébet se fija en su cara. El reflector proyecta un pálido resplandor en el rincón oscuro. Su rostro, el rostro de ese hombre enfermo, se ve blanco, como el de quien pasea bajo la luna.

—Mejor que se haya quedado —prosigue con los ojos cerrados—. Esos pobres se encontrarán en medio de la refriega —afirma, señalando en dirección a los que acaban de salir—. En el edificio vecino habrá escaramuzas. Ahora debemos aguardar. No durará mucho, pronto llegarán —dice con los brazos cruzados, la espalda apoyada contra la pared en posición de espera.

Permanecen así varios minutos sin hablar. Erzsébet sólo oye el fuerte y tumultuoso latido de su corazón; como cuando después de un gran esfuerzo físico el pulso desbocado se nota en la garganta, como si las arterias no soportaran más la tensión, como si la piel estuviera a punto de reventar. Siente que su cuerpo ha llegado al límite de su resistencia. El señor profesor tiene razón, piensa, había que quedarse, lo ha calculado bien. Está paralítico pero calcula bien. Si hubiera ido con ellos, me habría alejado de mi padre, de Tibor, de la vida, de todo. He hecho bien en quedarme con él. Es aquí donde debo esperar... pero ¿esperar qué?

—¿Cómo será? —se pregunta en voz alta.

El hombre abre los ojos. Son grises y miran a Erzsébet con ceño inquisitivo.

—¿Cómo será el qué? —replica secamente, casi con descortesía, como si ella fuese una niña pequeña que lo hubiera interrumpido en sus reflexiones durante un trabajo importante.

—Lo que viene —dice casi sonrojada, con culpabilidad.

—Lo que viene —repite él mirándola fijamente—. No entiendo. ¿De qué habla? —Tras una breve pausa, añade con asombro—: Y usted, ¿cómo cree que va a ser?

Erzsébet calla, tímida y confusa, y el rostro del hombre se ilumina con una sonrisa; ríe roncamente.

—*Liebes Kind* —dice, pero ella no se sorprende de que en ese momento, en tal situación, alguien le hable en alemán—. *Liebes Kind* —repite, negando con la cabeza y sonriendo paciente, con ternura e indulgencia, como suelen sonreír los adultos cuando los niños los interrumpen con preguntas absurdas y sorprendentes—. Querida muchacha... perdóneme, soy húngaro pero pasé muchos años fuera, en Viena. A veces sigo pensando en alemán... Pero ¿qué se imagina usted? ¿Qué espera de todo esto?

A ella acaba irritándola esa superioridad e indulgencia, esa paternal benevolencia.

—Ya se lo he dicho —contesta alzando la voz—. Espero la liberación. ¿Qué otra cosa podría esperar?... Pero ¡he sido yo quien ha preguntado cómo será! —exclama de repente, y se da cuenta de que parece una niña enrabietada, una niña que cinco minutos antes de que se encienda el árbol de Navidad quiere saber qué regalos le ha traído Papá Noel.

El hombre encaja su desahogo sonriéndole; luego se pone serio. Y empieza a hablar con voz tan triste —más allá del tono paternal e instructivo, suena alicaído y benévolo— que Erzsébet de pronto se avergüenza y desea pedirle perdón.

—Ajá. Espera la liberación —constata con gravedad, como si se respondiera a sí mismo—. Le gustaría saber cómo será. Mas ¿quién puede saberlo?...

Ella, en tono apremiante, como arrepentida de su impaciencia anterior pero incapaz de hablar de otra forma, porque no queda mucho tiempo y necesita saber la verdad, insiste:

—Con los rusos... ¿qué cree que pasará?

El hombre reflexiona.

—Enseguida nos enteraremos —dice al cabo, sin alterarse—. Unos minutos o unas horas... y estarán aquí.

—¿Conoce a los rusos? —quiere saber la joven, nerviosa.

—Es muy difícil decir que uno conoce a los rusos, a los alemanes o a los ingleses, ¿no le parece? —replica él, negando con la cabeza—. Conozco a algunos rusos. Y la literatura rusa. Y los trabajos de los matemáticos rusos. Son excelentes matemáticos. Y tienen grandes escritores.

—Aquí todos los temían y mentían sobre ellos.

—Sin duda mentían mucho —conviene el hombre—. Temen al bolchevismo, por eso mentían. Sí, todos mentían —confirma con tono distante—. Tal vez eso fue lo peor —añade bajando la voz, como debatiendo consigo mismo—, tantas mentiras en los últimos años, día y noche, en la prensa, la radio, en las conversaciones privadas... A uno se le revolvía el estómago. Mentiras por todas partes.

—Sí —asiente ella con vehemencia—. ¿Usted es profesor? —pregunta sin transición.

—Sí. Fui profesor de matemáticas. En Viena —responde él escuetamente.

Una pausa.

—¿Hace mucho que vive aquí?

—Sí, mucho —contesta él tras haber hecho cuentas—. Cuando los alemanes entraron en Viena volví a casa. Aquí nadie me molestó durante años. Pero luego los alemanes también llegaron aquí... como usted bien sabe.

—Ya. ¿A usted también lo persiguieron, señor profesor? —pregunta con respetuoso interés.

—No justamente a mí —dice negando con la cabeza—. No tenía tanta importancia para ellos como su padre, señorita. Pero digamos que era mejor que no me topara con ellos. Por varios motivos —agrega, alzando la cabeza con orgullo, el orgullo tajante y tenaz del ofendido que no está dispuesto a discutir los detalles de la ofensa, pues los considera un asunto privado—. Sí, en los últimos meses no fue fácil —prosigue—. Fue esa pobre mujer quien me acompañó hasta aquí. Se ha portado bien —reconoce inexpresivamente—. Es cierto que ha pasado por una dura escuela. Pero aquí en el sótano nadie sospechó que nos conocíamos desde hace mucho... ¿No? —pregunta con aire receloso.

—No, nadie... ¿Quién es la chica?

—Una mujer... —Se encoge de hombros—. ¿De qué sirve saber su nombre? Uno no debería decir nombres. —Y calla. Al ver que Erzsébet no insiste, agrega—: Necesitaba que alguien me acompañara. Por las piernas, ya sabe. —Y como arrepentido de esa aclaración, se muerde el labio inferior.

—Es usted un hombre orgulloso —declara Erzsébet sin poder evitarlo, necesita decir lo que piensa.

El hombre la mira con un destello en sus ojos grises.

—¿Orgulloso? —repite despacio, alargando las sílabas—. ¿Eso cree? —pregunta con severidad. Y hace un ademán, como resignado a responder a la acusación—. Pues tiene razón, soy orgulloso. Es mi carácter. No sé defenderme de otro modo del mundo.

—Todos los judíos son orgullosos —responde ella, como si alguien la obligara.

Él no se inmuta, ni siquiera pestañea; y comienza a hablar como alguien que ha empezado la conversación hace mucho, al inicio de su vida, alguien que conoce a fondo cada acusación y argumento, cada pregunta y respuesta, y contesta con paciencia incluso a los disparates, habituado ya a esas eternas polémicas que han condicionado su vida.

—Los judíos son seres humanos —explica en tono didáctico—, así que entre ellos también hay personas orgullosas. Asimismo las hay tacañas, voraces, lujuriosas y ladronas. Y personas a quienes gusta engañar al prójimo y otras que mienten. Pero los judíos son así por ser personas —añade—. Los judíos, señorita... los judíos son de muchos tipos. Quien piense que son todos iguales es que no los conoce. Los judíos no son iguales —concluye.

Ella, obstinada, no cede:

—Pero son orgullosos.

—Sí, hay mucha gente orgullosa entre ellos —admite el hombre, pasándose la mano por la frente—. Y no me refiero sólo a los judíos ricos que hacen ostentación de su riqueza, a los que han logrado amasar una fortuna o éxitos sociales... Ese orgullo no es interesante, se da por descontado. Hay judíos que son orgullosos de otro modo. ¿Se refiere usted a que se consideran el pueblo elegido?

—Algo así... —titubea Erzsébet—. No sé. Nosotros, mi padre y yo, siempre estuvimos de su lado. Sobre todo en estos tiempos difíciles.

—Lo sé —asiente él.

—¿Cómo lo sabe? —pregunta ella en tono incisivo.

—Es de dominio público. Los fascistas han escrito mucho sobre ello.

—Es verdad —admite ella, y suspira—. No lo decía por eso... Pero me da la impresión de que los judíos son orgullosos. No sé si de verdad se consideran el pueblo elegido... Es posible que se trate de una calumnia antisemita más. Me refiero más bien a otro tipo de orgullo, como si nosotros, los demás, no supiéramos algo que ellos sí saben.

—Ya ve —dice el hombre, indulgente, como si le divirtiera la conversación—, tal vez eso esté en la base de todo malentendido. La generalización, ése es el gran problema, la causa común de todo mal. Usted tiene las mejores intenciones, sin embargo dice: ellos, los judíos... Es la primera en creer que los judíos comparten un secreto común, un funesto espíritu de pertenencia. Pero eso no es verdad —asegura serio, casi solemne—. Hablar de los judíos es una generalización igual que decir «los cristianos». Hay judíos y hay cristianos, y la ascendencia, la religión, la forma de vida, la raza, sin duda reflejan ciertos rasgos comunes... Pero los judíos entre sí se diferencian más de lo que se asemejan. Créame... Algún día tal vez lo entienda. Un cristiano nunca podrá distanciarse tanto del alma de otro cristiano como son capaces de hacer los judíos entre sí. En realidad ese famoso espíritu de pertenencia del que se los acusa es muy distinto. Ya hablaremos de ello algún día, más tranquilos. Pero admito que puedan ser orgullosos —añade—. El orgullo es un error, tal vez incluso un pecado. Cada uno expía sus pecados. Pero ¿no le parece que en los últimos tiempos los judíos han pagado por todos sus pecados, reales o imaginarios? Por ejemplo, esa pobre desdichada...

Erzsébet oculta el rostro entre las manos y guardan silencio, inmóviles, durante un rato.

Es como si en el sótano se hubiera atenuado todo sonido. De muy lejos les llega sólo el rumor de pasos presurosos y desorientados, como si alguien corriera desquiciado por los sótanos.

—Esa chica... —dice al cabo Erzsébet.

—Es judía —aclara él—. Y no es una chica. Mataron a su padre, a su marido, a sus dos hijos. Enloqueció. Ya ve, ni siquiera se despidió. La traje conmigo para no estar solo en el sótano. Yo, el tullido, me traje a esa loca. Ahora se ha ido sin despedirse, pero quizá vuelva. Ya no puede pasarle nada grave, ha superado lo peor. Ella misma se lo contó.

—Perdóneme —dice la joven con voz ronca.

—¿Perdonar? ¿El qué, señorita? —Su asombro parece sincero. Y antes de que ella pueda responder, como quien logra entender una compleja reflexión, ríe y dice—: ¿Por tildar a los judíos de orgullosos?... ¿Justo a usted, de quien sé que los ha ayudado, así como a otros perseguidos? ¿Y porque lo ha dicho poco después de que ante sus propios ojos mataran a un hombre honesto, cuya única culpa era ser judío y que tal vez, en secreto, fuera orgulloso por un motivo u otro?... *Aber, liebes Kind* —dice sonriendo—, ¿qué debería perdonar? Usted no ha cometido ningún pecado. Es buena, está llena de humanidad. Nosotros los judíos no pedimos más.

—Pero ahora con los rusos todo cambiará —replica ella con la boca seca, y traga con dificultad.

—¿Eso cree? A mí no me lo parece. ¿Por qué iba a ser distinto? ¿Qué se cree la gente? ¿Que los judíos han establecido una alianza secreta con los rusos? Se equivocan —afirma secamente—. Los rusos no traerán nada más que lo que provenga de su modo de ser, de su educación, de sus ideas, de sus objetivos políticos, de sus concepciones sociales. No persiguen a los judíos por el hecho de ser judíos, aunque es probable que tampoco los adoren. ¿Y por qué? Pues porque ningún grupo humano se merece como tal que se lo adore.

—Pero algún día habrá que poner orden —tercia ella con voz suplicante—. Así no se puede vivir. Los judíos, los burgueses, los nazis, los bolcheviques, el odio, todos se odian... No, así no se puede vivir —sentencia con decisión, como si de pronto hubiera entendido algo, y el eco de sus palabras resuena por el sótano—. Pero ¿qué quieren todos? ¿Vale la pena vivir así? —se pregunta en la oscuridad, en las vacuas tinieblas subterráneas, de donde han desaparecido los rastros del asedio—. ¿Qué respeto puede sentirse por los seres humanos? Los animales viven mejor. Ahora siento que algo va a pasar. No soy bolchevique pero lo noto, ¿entiende? Siento incluso en cada fibra de mi cuerpo que los rusos aportarán algo; cuando salgamos del sótano, usted y yo y los demás, judíos, cristianos, proletarios, señores, cuando volvamos al mundo, las cosas irán mejor. Porque, si no, ¿qué sentido ha tenido todo esto? ¡No, no puede ser! —vocifera.

El hombre alza una mano huesuda, de dedos fuertes y delgados, y agarra de nuevo la muñeca de la joven.

—No levante la voz —dice. Y cuando sus dedos notan el temblor del brazo femenino, añade en voz muy baja—: No debe gritar. Aún no sabemos nada. Debe estar tranquila, ¿me lo promete?

Erzsébet siente que aquellos dedos fríos la tranquilizan. Los temblores y escalofríos ceden. Se echa sobre el jergón y oculta el rostro en la almohada cochambrosa. El hombre la suelta y, con gesto tierno, busca a tientas la cabeza de la chica y le acaricia el pelo.

—Pues sí —dice luego, retirando la mano como asustado de su propio gesto—. Es difícil. Huelga decir que muy difícil —murmura.

En el profundo silencio, en la soledad, en esa extraña calma que de pronto reina en torno a ellos —tras el tumulto del asedio, la convivencia con extraños y el estruendo de los bombardeos—, el hombre habla en tono sereno y monocorde, como si también sintiera que ha llegado la hora de explicar las cosas con palabras.

—Hay que entenderlo —dice, como si discutiera con alguien y buscara argumentos convincentes—. La gente no puede más. Espera algo. Está convencida de que han bajado al infierno y que cuando vuelvan a la superficie todo será mejor. Sí, así es —murmura para sí, como hacen los viejos.

Erzsébet, aún tumbada, escucha con los ojos cerrados el discurso de ese hombre que está a su lado aunque le parece increíblemente lejano.

—¿Qué esperan? Ah, claro, la liberación... Han bajado al infierno por propia voluntad, han echado carbón al fuego, entre las brasas han metido millones de toneladas de explosivos para que el fuego prenda mejor, y ahora se asombran del calor que ha producido... —Ríe en silencio, niega con la cabeza y añade—: Así somos los humanos. —Luego calla, sus labios lívidos (una línea que corta su rostro pálido y barbudo) se mueven en silencio, como si contara en voz baja—. Están sentados en el infierno a la espera de algo —dice al cabo—. Pero Voltaire afirma que sólo es feliz quien nada desea. —Y ríe de nuevo, divertido ante esa idea seria e irónica a la vez—. Se imaginan que vendrá alguien, los rusos o un profeta, que sucederá algo y así ellos, los que avivaron el fuego del infierno, un día emergerán a la superficie y todo irá mejor.

—No mejor —dice ella, abriendo los ojos—, sino de modo más digno.

—Si fuera así —replica él, de nuevo serio, con tono más grave, como si hablaran por fin de algo que no admite bromas, ni sarcasmos ni dudas—, si fuera así, señorita, entonces valdría la pena soportarlo todo, hasta el infierno. También el que haya ricos y pobres, judíos y cristianos, negros y blancos, sanos y tullidos, como por ejemplo yo. Todo. Pero no es así.

—¿Qué le pasa en las piernas? —le pregunta ella, incorporándose.

—No puedo moverlas. Dicen que es una variante de la polio. Pero eso no es más que una explicación. La realidad es que estoy paralítico. Hace ya cuatro años. Justo estos cuatro años. —Y al ver que la joven guarda silencio, añade—: ¿Cree que el sufrimiento mejora a las personas?

—Sí —contesta con voz ronca.

—Ya, porque es una mujer joven. Yo no lo creo. Nadie aprende nada. Todo el mundo quiere retomar las cosas donde las interrumpió. Es una ley. Quien no la conozca es un crío.

—O un incrédulo —replica ella, ahora en tono severo.

El hombre no contesta. Erzsébet se sienta en el jergón, se arregla el pelo y se alisa la ropa.

—Tengo fe en que nadie sufra en vano, tengo fe en que la gente aprenda de los sufrimientos. Tengo fe en que al final exista algo más fuerte que el odio —afirma, y ella misma se asusta al percibir en su voz ese matiz mecánico con que los niños recitan de carrerilla una lección llena de nobles conceptos.

—¿En qué cree? —pregunta el hombre, y sus palabras, impregnadas de gravedad y no muy alentadoras, parecen llegar de muy lejos, de la oscuridad, de lo alto, como si no se hallara tumbado allí al lado.

Erzsébet, avergonzada, temiendo que sus palabras hayan sonado muy ampulosas, contesta quedamente:

—Es difícil decirlo...

—En el amor, ¿verdad? —inquiere él sin inmutarse.

Ella suspira y no responde. El hombre asiente con la cabeza.

—Usted cree que el sufrimiento educa a la gente en el amor, cree que amar libera de los sufrimientos y la miseria —dice con tanta seguridad que da la impresión de estar aplicando una noción aritmética a un simple problema—. Son muchos quienes han creído en el amor. Los grandes hombres, los santos, los poetas y los comunes mortales cuando se hallan en apuros. Pero el amor, en realidad...

Erzsébet lo nota inseguro y lo observa con curiosidad. Por primera vez desde que están allí se siente más fuerte que aquel hombre, que las circunstancias... como si tuviera un arma en la mano. El arma es esa palabra, a la que el hombre busca respuesta a tientas.

—Existe el amor —prosigue él con gravedad—. Existe cuando uno ama, y entonces es muy poderoso. Cuando se ama a alguien, tal vez podemos salvar su vida. Existe un estado de ánimo o mental que la gente denomina amor y que a veces puede incluso ser duradero, es cierto. Estados de ánimo así liberan inmensas energías. Cuando uno ama se siente más y más poderoso, no cabe duda, pero es un estado transitorio. El amor pasa, la persona se queda. No —niega con la cabeza—, el amor no lleva a la liberación. Sólo existe una forma de liberación —sentencia con orgullo y frialdad.

—¿Cuál? —pregunta ella, en voz tan baja y tímida como si de su boca no salieran palabras, sólo aliento.

—Quien es lo bastante fuerte para conocer la realidad de su propia naturaleza ya está próximo a la liberación. Debe aceptarla sin ofenderse, porque ésa es la realidad. Y en la medida de lo posible, vivir sin falsos anhelos. Esto es cuanto podemos hacer —asegura y levanta una mano, como si rechazara definitivamente algo o a alguien. Luego comenta con tono desenfadado—: Se han olvidado de nosotros. —Y sonríe, como si retomara la conversación allí donde había sido interrumpida por algo anómalo, una especie de resaca.

Erzsébet ahora está tranquila. Siente una inmensa calma interior, se nota fuerte y segura. En unos instantes tiene la sensación de recuperar la extraña serenidad experimentada en los meses anteriores, y que la había abandonado en las últimas horas.

—Usted es un hombre y un matemático —dice—. Pero yo me he dado cuenta de que nosotras, las mujeres, tenemos un refugio adonde los hombres nunca podrán seguirnos. Tal vez lo desprecie, lo considere una debilidad, un falso anhelo, un estado de ánimo transitorio, pero sé que eso en lo que creo es más importante que cuanto usted logre llegar a saber. Yo creo que existe algo... perdón, pero es difícil hablar de ello —admite, apartándose de la frente el cabello desgreñado—. Existe algo más fuerte que todo lo que nos ha sucedido. Y lo que nos sucederá. —Su mirada se pierde en la oscuridad. Ha oído su propia voz como si no fuera ella quien hablara, sino otra persona.

—Usted simplemente cree... eso es todo.

—Lo cual no es poco —replica Erzsébet.

—No, sin duda no es poco. Seguramente constituye una gran ayuda.

Ella se levanta y da unos pasos en la oscuridad, pasos inciertos, como tambaleante.

—¿Adónde va? —pregunta el hombre—. Quédese —pide con voz cansada—. Quédese y espere —insiste débilmente—. Cada cosa a su tiempo.

Pero ella se siente impulsada por una fuerza que la lleva hacia la puerta del sótano, hacia la salida.

—Ya verá y comprenderá —le dice al hombre, y se sorprende al oír sus palabras resonar en la húmeda oscuridad— que todo este horror no fue en vano. Nos iremos de aquí, usted también, y todo será distinto, muy distinto...

—Es probable que muchas cosas sean diferentes —admite él en tono apagado.

Erzsébet de pronto ve aparecer un ruso en el vano de la puerta de hierro que protegía a los moradores del sótano de un ataque con gases. Es un hombre alto y entra en el sótano en cuclillas, de modo que más que caminar se diría que se arrastra. En el umbral se detiene y se queda inmóvil escudriñando alrededor. Su postura, su forma de moverse, recuerdan a un animal. Allí, de cuclillas, está listo para saltar, atacar y huir; en la mano derecha sostiene una metralleta y en la izquierda una linterna. No se mueve ni endereza, tiene los hombros encogidos y levantado el cuello de borrego de su casaca.

Todo él está concentrado en esa postura, tenso el cuerpo, cada músculo, cada nervio, preparado para la acción, tanto para atacar como para huir. Vuelve lentamente la cabeza y con cautela, como siguiendo una rutina establecida, escruta las zonas oscuras de los tres recintos del sótano enfocándolas con la linterna.

El haz luminoso recorre cada rincón, lenta, minuciosamente, como haría un minero en una galería al reconocer una situación de peligro y temer un derrumbe o una explosión de gas. Erzsébet observa su cuerpo en cuclillas, el rayo inquisidor de la linterna y un rostro común y corriente, donde sólo brillan los ojos escrutadores. Su concentración es tan intensa que parecen ser los ojos los que irradian la luz en la oscuridad.

Avanza de cuclillas, con los movimientos furtivos de un animal al acecho, como si no fuera la primera vez que entra así en un sótano, donde detrás de los pilares pueden acechar alemanes, partisanos u otro peligro mortal. No se da prisa; para ese hombre acuclillado cada instante de atenta observación tiene un valor enorme. Cada instante significa que por ahora su vida continúa, que tendrá una nueva ocasión de conservarla.

Tras unos pasos, se detiene y se yergue.

Erzsébet ve que es muy alto. La cabeza casi roza el techo abovedado del sótano, aunque no parece desproporcionado. Lleva un gorro gris de piel, una casaca gris guateada, vastos pantalones bombachos y botas altas. Sujeta la metralleta con la mano derecha desnuda; en la izquierda lleva un grueso guante como de mecánico o cochero. Está erguido, con las piernas separadas y apuntando a Erzsébet. Porque acaba de reparar en ella.

—*Niemetski?* —pregunta.

Erzsébet comprende que está buscando alemanes.

—Aquí no hay alemanes —dice—. Aquí sólo estoy yo. —Y sus palabras vuelven a resonar en el sótano.

El ruso no se mueve.

Lo más extraño es el silencio. Como si la guerra hubiera muerto y yaciera exánime en el patio, sobre el asfalto helado, entre los caballos muertos, delante de la puerta, tal vez junto al judío asesinado... Ésta es la sensación de Erzsébet: ya no hay guerra en ninguna parte. Lo que hay es un silencio profundo, un silencio que ella no ha experimentado hasta entonces. Como si la guerra que en los últimos meses y semanas aullaba, gemía y retumbaba allí, dentro del edificio, de pronto se hubiera apagado, extinguido. Y ella sabe que esa extraña situación no es fortuita, no es una simple tregua acústica, no: desde que el ruso larguirucho dispuesto a entrar en acción ha traspasado la puerta del sótano, para ella ha terminado eso que hasta entonces llamaban «guerra». Ha terminado, se dice.

Y rápido, como sólo es capaz de pensar uno en situaciones en que algo realmente termina y otra cosa empieza, como cuando un moribundo repasa su vida, percibe un ajetreo intenso, una enorme corriente. Porque la guerra no ha sido sólo bombas y proyectiles, peligro mortal, decretos odiosos, persecuciones crueles, no. La guerra también estaba en su alma. Hace un instante aún seguía allí, como una sensación, un sentimiento, algo que poco antes el profesor llamó «realidad». Hace un instante la guerra todavía habitaba en el alma de Erzsébet, no sólo en los campos de batalla, en el aire o bajo los mares. La guerra era asimismo un sentimiento, una idea espectral que se había apoderado del cuerpo y el alma de Erzsébet, en la vigilia y el sueño.

Ahora lo comprende y sabe que la guerra tiene lugar no solamente en las fábricas de armamento, los cuarteles y los campos de batalla, sino también en el alma de la gente. Ella, a su manera, también estaba librando una guerra. Era parte beligerante, combatía en uno de los bandos. Tenía el cuerpo y el alma saturados de la contienda, como de una idea o una enfermedad. No obstante, desde que ha visto a aquel ruso, la guerra ha terminado para ella.

En el edificio de al lado aún se oyen disparos, y sobre las ciudades alemanas y japonesas enormes aviones plateados surcan el cielo y lanzan bombas que borran de la faz de la tierra barrios enteros. Pero ya nada de todo eso la concierne. La guerra en que ella participó personalmente ha acabado gracias a aquel eslavo aparecido en la puerta del sótano.

Debo andarme con cuidado, piensa. Sus sentidos están en alerta, a pleno rendimiento, algo que ella nunca habría creído posible. Ahora ha acabado algo, lo que significa que otro algo comienza; pero no como suele suceder en la vida normal, cuando las cosas empiezan y acaban y entre ambas fases se produce una transición: ahora algo se acaba y algo comienza sin solución de continuidad, abruptamente. No hay duda.

Y al mismo tiempo se da cuenta de que el tullido que yace a sus espaldas tiene razón: no se puede dejar atrás y cortar todo nexo con lo que ha sido, sólo se puede continuar... Nada puede empezarse desde cero, ni siquiera ahora, en este momento excepcional, cuando Erzsébet se encuentra frente a un ruso, un bolchevique que la apunta con una metralleta y que está buscando alemanes... Algo ha terminado, sí; pero lo que termina sólo puede ser continuado... tal vez mejor, de forma más digna que hasta ahora. Eso es lo que siente.

Aunque no se trata de un sentimiento claro. No sabe quién está pensando ahora en su lugar, parecen haber cambiado las condiciones habituales de la conciencia y la reflexión. Hay una Erzsébet que piensa, ella misma, en persona, y hay también otra, ni mejor ni peor, pero de alguna manera distinta. Y esta Erzsébet distinta que está ahora frente al ruso reflexiona con frialdad, sin emocionarse, con precisión, buscando las palabras correctas.

Bueno, ya está aquí, piensa. El inmenso caos, la guerra que se había apoderado de mí, ha tocado a su fin. Ahora viene otra guerra. Sabe que este fin no significa el final definitivo de la contienda; a lo sumo ha acabado un tipo de guerra, pero ahora comienza otro diferente. No la paz, no.

¿Y cómo era la paz? Sólo se acuerda vagamente. Como si hace mucho tiempo alguien le hubiera hablado de ella, como si sólo hubiera leído de ella en libros, grandes libros como *Guerra y paz* y otros similares. Se dice que esa novela la escribió un ruso. Y se alegra de recordar el título, porque es el primer vínculo entre ella y el desconocido. Aliviada, piensa que sin duda él también habrá leído *Guerra y paz*. Y el *Oneguin*. El *Oneguin* lo había leído con Tibor; incluso recuerda algunos pasajes.

Su cerebro trabaja muy rápido, las ideas se enlazan a la velocidad del rayo; ahora todo cuenta, porque hay un ruso en el sótano. Tiene que hallar un punto de contacto con aquel bolchevique. Seguramente no habrá malentendidos entre ellos, ya que ambos han leído los mismos libros, a Tolstoi, a Chéjov, el *Oneguin*... Es una gran suerte, pero aun así retiene el aliento.

Porque a la vez intuye que con esa gran suerte no basta. Dadas las circunstancias, podría producirse un desenlace muy distinto del que ella espera. De acuerdo, ya no caen bombas, pronto no será necesario ir a la fuente por agua, una podrá sentarse en el retrete sin que la molesten y pasear por la calle al sol sin miedo a los obuses. También para los judíos habrá cierto orden y con la gente en general. Todo se arreglará. Sin embargo... no es capaz de definir lo que en ese momento la acongoja. ¿Tiene miedo? No; es distinto al miedo o la ansiedad. En parte es preocupación, claro. Ese ruso podría matarla. Pero está segura de que ha traído algo más, no sólo la metralleta.

Se observan de hito en hito. Un buen rato, el más largo que haya vivido Erzsébet; jamás había imaginado que un instante entre dos personas pudiera durar tanto. El hombre permanece en la penumbra y sus rasgos no se distinguen con nitidez, se ve más bien una silueta, un cuerpo alto, masculino, aparentemente tranquilo. Pero es un bolchevique, así que no es como yo, piensa. De inmediato se da cuenta de que eso es falso, de que toda idea y opinión similares vienen de otros tiempos, de lo que ha precedido a ese instante. Porque la aparición del ruso ha marcado un antes y un después. Probablemente ahora empiece una vida muy distinta, aunque también podría pasar que, en general, todo siga igual. Sí sabe con absoluta certeza que, para ella, de ahora en adelante todo será diferente. Lo demás está poco claro, pero esa certeza sí la tiene, incluso la siente en la piel, en los poros.

«Es probable que muchas cosas sean muy distintas», ha dicho el profesor; y naturalmente muchas otras seguirán siendo como antes. ¿Por qué?... «Porque somos seres humanos.» De pronto recuerda esta respuesta, que le supuso un gran alivio y seguridad, y se agarra a ella como el que cae al vacío a una barandilla o mano tendida... Un alivio, pero también una amenaza. «Porque somos seres humanos.» Este hombre, portador del instante crucial que ha señalado la demarcación entre pasado y presente, no es sólo un rojo, un bolchevique, sino también algo más. Sobre todo, un ser humano.

Eso la tranquiliza, pero al mismo tiempo empieza a tener miedo. Se calma de forma distinta a como había imaginado, teme de forma distinta a como temía hasta entonces. No le da miedo el bolchevique, no teme por ser él comunista y ella de ascendencia burguesa, sino que le da miedo el hombre. Un hombre llegado de lejos, armado y que la mira fijamente: eso es lo que se ve y se deduce. Todo lo demás, todo lo oído e imaginado, es insignificante y grotesco confrontado con la realidad que tiene ante sí.

Desde que tiene uso de razón, hace veinticinco años, ha oído hablar de los bolcheviques como de seres demoníacos y depravados que se dedican a devorar niños en las iglesias, a celebrar ceremonias sacrílegas para ultrajar todo lo bello, todo aquello en lo que la gente cree. Claro que ella, en esos veinticinco años, siempre ha sabido que las cosas son diferentes. Sabe que los bolcheviques están organizando una nueva sociedad y que al hacerlo seguramente cometen errores y crueldades, pero los guían la fe y el entusiasmo, elevados ideales... En los últimos tiempos la propaganda antisoviética ha sido cada vez más brutal, pero Erzsébet sabe que la verdad es otra. Y ahora que han llegado los rusos —¡Vienen de tan lejos!, piensa con asombro ingenuo y entusiasta— trayendo el final de la guerra, el final de una intolerable ignominia, el final de algo imposible de soportar más, ahora su estupor inquieto y su espera atemorizada no se corresponden con la situación, sino con una pregunta que resuena cada vez más en su cuerpo, en sus nervios, en su ser de carne y hueso: entonces, ¿por qué no me alegro?

Y es verdad que no se alegra. No siente un miedo exagerado, dada su situación: sola en un sótano durante un asedio, frente a un hombre armado que en realidad es un enemigo que ha llegado hasta allí pasando entre cadáveres y disparos, y que ignora con qué sentimientos lo recibe ella; no tiene más miedo que el que tendría cualquiera en una situación similar, simplemente su corazón late con fuerza. La sensación de miedo es secundaria, natural, puede superarse... Pero no se alegra. Y eso la asombra.

Ha esperado este momento durante meses, diez para ser exactos: desde aquella noche de marzo del año anterior en que la Gestapo llamó a su puerta para arrestar a su padre, y luego lo esperó mientras caían las bombas y cuando se llevaron a rastras al técnico dental judío. Esperaba este instante como una embarazada el alumbramiento de su hijo, con todo el cuerpo, durante meses. Por supuesto ignoraba dónde, en qué circunstancias o escenario se encontraría con el primer ruso —la calle, un improvisado campo de batalla, una casa—, ni siquiera era capaz de imaginarlo. Pero ahora está aquí, justo como debía ser, tal como lo inverosímil surge en un relato fantástico. No es un fantasma ni un monstruo, sino un hombre hecho y derecho, alto y bien parecido. Y ataviado con buena ropa, lo que produce un efecto distinto comparado con el uniforme de los alemanes y húngaros, como si el ruso no fuera un soldado, sino más bien un cazador procedente de lejanos parajes, que ha venido a parar aquí mientras perseguía una presa durante una cacería emocionante... Y ahora está ahí, mirándola en la postura habitual del cazador que, entre los arbustos o al borde de un claro, divisa la presa.

De todas formas, percibe algo distinto en él. Pero ¿qué? Que es distinto. No lo es por ser bolchevique. Erzsébet ya sabe que ese bolchevique, y cualquier otro, come, duerme, se alegra o se enfada, cree y reniega, blasfema y se muestra tierno igual que su padre o ella. Bolchevique, ¿qué significa esa palabra?... El bolchevismo es una teoría transformada en un proyecto y una práctica, y desde hace casi tres decenios los rusos, entre los que hay bolcheviques y seguramente también otros que no lo son, han reorganizado su convivencia, han convertido en realidad parte de sus sueños; a veces han estado cerca de lograr lo que pretendían con la gente y las instituciones, pero se topaban con obstáculos, así que entreveían otras posibles soluciones y optaban por caminos que ofrecieran menor resistencia, y seguían adelante, construyendo y destruyendo.

Y de todo eso deriva lo que el mundo conoce como «bolchevismo». Pero el término incluye dos cosas: bolchevismo y comunismo. Aunque Erzsébet no sabe con exactitud qué se entiende por cada uno, intuye vagamente que no significan lo mismo. El comunismo es más bien una ideología, una teoría que puede estudiarse en los textos escolares, mientras que el bolchevismo concierne más a la praxis y la realidad. Pero esto sólo lo intuye vagamente... De cualquier modo, todo eso es el resultado de intenciones diversas, de experimentos planificados o impuestos por la casualidad o las circunstancias. Es obra de una multitud, tal vez de hasta doscientos millones de personas. Algunos han obrado con entusiasmo, otros con frialdad y racionalidad, pero la mayoría —decenas y decenas de millones— simplemente han nacido ciudadanos de la Unión Soviética, han ido a la escuela, se han educado y han aprendido algún oficio y viven como buenamente pueden, sin voluntad revolucionaria y ajenos a la planificación bolchevique.

Y detrás del término «bolchevismo» se extiende un enorme país, mucho más grande que Europa, con mares, lagos, inmensos bosques y tierras de labranza, con diversos pueblos entre los cuales hay personas como ésta, muy similares a los húngaros o los franceses, y también otros de raza mongol, parecidos a los chinos, en suma, gentes de todo tipo. Y a todos esos paisajes, bosques, llanos y hombres, el mundo los llama «comunismo».

Quienes lo temen pronuncian la palabra con odio, mientras que otros, insatisfechos con el capitalismo, la mencionan con esperanza y vibrante convicción. Pero no son más que generalizaciones. Lo que no lo es, sino todo lo contrario, y por tanto una realidad tangible, lo tiene ahora delante. Ese hombre ha venido de allí... pero ¿de dónde?

De muy lejos. En él se advierte la lejanía, al igual que el polvo del camino en el viajero. Y la lejanía se manifiesta en él por muchas razones: tal vez por ser bolchevique o simplemente por ser soldado de una potencia enemiga, entre otras. Por ser ruso, vivir lejos, a miles de kilómetros, donde el pan se hornea de otra forma, donde por la mañana sacan el agua del pozo mediante un sistema distinto, donde la gente piensa otras cosas al leer las novelas de Tolstoi, y tiene otros sentimientos cuando en la madrugada el sol sale junto al Volga... Esto otro, esta diferencia, es lo que se manifiesta en este desconocido que por fin ha llegado y que para Erzsébet significa el fin de la guerra.

Pero para mí este hombre no es un enemigo, piensa la muchacha.

¿De veras lo piensa? ¿Se lo puede llamar pensamiento en el sentido habitual del término? No tiene nada que ver con la asociación lógica de ideas coherentes que vulgarmente se denomina así, derivada de procesos fisiológicos estudiados a fondo y bien conocidos por Erzsébet. Sabe que no sólo está «pensando» como otras veces, sino también «viviendo» de otra forma, de forma más intensa, más peligrosa, más real que en cualquier momento precedente de su vida. Esta vida distinta se ha iniciado pocos minutos antes, y ya se siente invadida de una sensación electrizante, un hormigueo. No es un enemigo, porque he estado esperándolo, piensa, y no sólo lo he esperado yo, sino muchos otros, en esta ciudad que ahora parece un animal malherido, una criatura prehistórica con el tórax desgarrado y las entrañas desparramadas...

Lo han estado esperando todos, también quienes lo temen, el consejero de correos, el alto funcionario estatal, el pequeño alemán a quien le castañeteaban los dientes y el otro, el de la cicatriz por un duelo, el rubio, altivo y descarado. Él también lo esperaba, al igual que los cruces flechadas, y el judío al que mataron, amigos y adversarios, todos. Llevan diez meses esperándolo y en esa espera poco a poco se ha desvanecido el miedo, se ha esfumado toda la propaganda, la espera ha disuelto el contenido lacerante de la palabra «enemigo». La persona a quien uno espera con impaciencia durante meses, día y noche, no puede ser un enemigo real. Y no sólo para ella. Erzsébet ya no piensa tanto con palabras y frases, sino más bien como los músicos cuando crean o cuando escuchan una melodía genial: no perciben las notas musicales una por una, sino en conjunto, el inmenso, palpitante fluir de la música, que emociona no sólo al oído, sino al cuerpo entero, quizá a toda su existencia. El desconocido, el ruso, el bolchevique, no solamente ha dejado de ser un enemigo para ella, sino también para millones de personas, ciudadanos, campesinos, pequeñoburgueses que lucharon contra él y durante el combate, entre noticias falsas, difundidas para aterrorizar, y otras ciertas, entre informaciones de prensa y discursos radiofónicos, han terminado por comprender, aunque les haya costado, castañeteando los dientes, entre lamentos y gemidos, que no quedaba otra salida, que un día llegaría un hombre desde lejos, desde muy lejos. Y entraría en el sótano o en la habitación donde estuvieran esperándolo. Lo han esperado temblorosos y presas del pánico, o con esperanza, o con ingenuo desconcierto. Pero ese momento tenía que llegar. Ya está aquí. Entonces, ¿por qué no me alegro?, vuelve a preguntarse.

Y como ese instante ha llegado al límite más allá del cual no se puede prolongar —como en toda situación humana, también ésta posee un punto extremo de tensión, cuando el tiempo se llena de un contenido fatídico y amenazante y basta un segundo más para que todo estalle en un acto irracional e inútil—, Erzsébet tiende la mano hacia el ruso.

Es un gesto de invitación. Como dar la bienvenida. Invitación, pero no sincera. Erzsébet lo sabe y al parecer el ruso también, porque no tiene prisa. Observa a la joven, observa la mano que se tiende hacia él como si fuera un mero objeto, con aire indiferente y distanciado. No se mueve; tampoco el arma ni la linterna que sostiene.

Y ahora Erzsébet comprende que el ruso es diferente, que desconfía de la situación. Y no podría ser de otra forma, se dice para darse ánimos. Tengo que convencerlo de que soy una amiga. De alguna forma debo hacerle saber cuánto lo he esperado y que, pese a que ahora no logro del todo alegrarme de su llegada, ni de cuanto anhelaba (al igual que los niños y las bestias, este hombre no entiende las palabras, pero tiene un instinto agudo y certero), soy una amiga, porque él me ha traído la salvación y la liberación. De algún modo debo hacérselo saber. Con palabras no hay manera... Confusa, deja caer la mano y avanza hacia el ruso.

La linterna le ilumina el rostro y el hombre sigue inmóvil, en una postura defensiva, como si el haz luminoso fuera un arma.

—Aquí no quedan alemanes —explica la joven, esforzándose por pronunciar con claridad, como si estuviera en la calle contestando a un turista perdido que le pide orientación—. Se han ido, todos, hacia allá. —Y señala en dirección a la salida de emergencia—. Únicamente estoy yo, sola —miente.

No se le ocurre pensar que es inútil hablar en húngaro. Los dos parecen comunicarse en un extraño idioma internacional, el ruso en silencio y ella en un húngaro elemental. Él no contesta, la escruta con mirada penetrante.

—Estaba esperándote —continúa Erzsébet en tono cantarín y afectado, y esboza una sonrisa.

El ruso sigue en silencio.

Sabe que estoy mintiéndole, piensa Erzsébet. Pero es verdad que lo esperaba, es imposible esperar con mayor sinceridad que la mía... Entonces, ¿por qué miento? ¿Y por qué hablo con un tono falso y cantarín, como una colegiala que recita una pieza de teatro escolar? Y esta sonrisa rígida, esta mueca que se me ha puesto... Así no confiará en mí.

Será mejor que no vea al profesor. Puede que quiera marcharse enseguida y entonces lo seguiré, cruzaré el patio, saldré a la calle e iré a ver al sabatario y a mi padre. Ahora ellos también serán libres, si ya ha llegado aquí este ruso, en el otro lado también deben de estar sus camaradas. Pero mejor que no vea al profesor, quién sabe qué le haría. No hay manera de saber nada, piensa repentinamente. Y de pronto se tranquiliza.

La seguridad de que «no hay manera de saber nada» —ha llegado la hora de la salvación, pero no ha traído ningún tipo de certeza definitiva— la serena de repente. Uno estaba esperando algo, que por fin llegó, y es incluso como se lo imaginaba, y sin embargo también distinto. Así que hay que prestar atención y aguardar.

—Siéntate si quieres —le dice con naturalidad, señalando una tumbona.

El ruso observa la tumbona abandonada sobre la que aún hay ropa sucia, una almohada arrugada y una vieja manta. Y se limita a escrutar el rincón con la linterna.

—Ya te he dicho que no hay nadie —repite ella, tratando de mostrarse natural y campechana.

Quiere hablar con espontaneidad y desenvoltura, apaciguar con la voz y los gestos a esa figura oscura y desconfiada, a esa sombra muda. ¿Por qué no le digo que también está el profesor?, piensa, aunque le extraña que éste no diga nada, no carraspee ni haga el menor ruido. El tullido sigue callado en su rincón, a espaldas de Erzsébet. Se ha replegado en su cobijo en penumbra; espera que lo encuentren así o se olviden de él; no da señal de su presencia ni con una leve tos. Erzsébet comprende que con su silencio el hombre quiere comunicarle que, si es posible, desvíe la atención del ruso. No quiere conocerlo, piensa con repentina ironía, es que no es muy sociable... Tampoco él se fía. Prefiere pasar inadvertido en este primer encuentro. No importa, concluye expeditiva. Lo que importa soy yo y este ruso.

Tras penetrar en los recovecos del sótano, la luz inquisidora del ruso vuelve a posarse en el rostro de Erzsébet. ¿Qué podría hacer un paralítico, un prófugo, uno de los nuestros? No es ninguna amenaza para el ruso, se dice para infundirse ánimos. Y como si desde la oscuridad el inválido la obligara con su silencio y su mirada —siente sus ojos fijos en su espalda— a que no hable de él y entretenga al ruso, dice con rapidez, designando a los alemanes con la palabra rusa:

—Todos se han ido, los *niemetski* también.

—*Poniemaiu*—responde por fin el hombre, y asiente con la cabeza. Baja el arma y apaga la linterna.

La única luz que queda es la del reflector que los alemanes dejaron en medio del sótano. En la penumbra, el ruso se mueve con lentitud y apoya la metralleta contra una silla. Luego, con el ademán relajado y meticuloso de alguien que ha llegado a su destino, se quita el gorro de piel que llevaba calado.

En la parte delantera del gorro —que recuerda la cúpula de una iglesia rusa— brilla la estrella roja soviética. Erzsébet observa sus gestos, presa de una ingenua admiración. El ruso coloca el gorro en el centro de una mesa y se alisa parsimoniosamente el cabello con ambas manos. Sus gestos son naturales y acompasados. Sus manos son blancas, como el rostro y la frente, de una palidez luminosa. Y su cabello es de un rubio blanquecino, con reflejos plateados. Erzsébet sólo ha visto colores así entre las manos expertas de un peluquero. Es joven, no tendrá ni treinta años. Y bajo esa frente blanca, desde el rostro fresco, aureolado por un cabello de un rubio clarísimo —que más que pelo humano recuerda el pelaje suave y reluciente de una exótica fiera nórdica—, la miran unos ojos gris claro.

No es posible huir ni por un instante de esos ojos penetrantes: ahora Erzsébet sabe conscientemente, pero también con todas sus terminaciones nerviosas, que jamás en la vida nadie la ha mirado con tanta atención, de forma tan íntima y penetrante. De pronto, le viene a la memoria un gato siamés níveo de su infancia, una pequeña fiera oriental, orgullosa y refinada, que era capaz de mirarla así durante horas, con la pasión obsesiva de un loco u otra criatura que observe los fenómenos del universo con extrema desconfianza.

En la mirada del ruso no hay la menor voluntad de acercamiento, confianza, buen humor, invitación a la compañía, nada. Se limita a observar. Y sus ojos grises despiden la misma luz que los reflejos plateados de su cabello: una claridad singular fulgura con un matiz que ella nunca ha visto hasta entonces. Es evidente que esa luminosidad y ese color de ojos requieren otro clima, otro sol, la humedad del país donde este hombre creció.

No se corresponde con la imagen de «ruso» que ella se había formado. No tiene los pómulos anchos, ni la frente baja. La forma alargada de su cabeza más bien recuerda a un nórdico; un alemán de Pomerania o un escandinavo, noruego o sueco. Pero lo que más la sorprende son las manos, mejor dicho, no tanto las manos sino cómo las mueve. Son unas manos largas, huesudas y blancas cuyos gestos resultan de especial suavidad. Sus uñas también tienen forma alargada, ovalada, tan bien cuidadas como si acabaran de hacerle la manicura. Y esas manos blancas, huesudas y largas se mueven con parsimoniosa elegancia.

Cada uno de sus gestos es distinguido, equilibrado: la forma en que se ha quitado el gorro, en que se ha alisado el cabello, en que ha apoyado el arma contra la mesa; cada uno de sus ademanes es consciente, ponderado, meticuloso. Erzsébet piensa en las manos de los músicos y luego, por atroz asociación, en las de aquel doctor nazi.

El ruso sigue mirándola mientras ella es incapaz de apartar los ojos ni un segundo, no puede cerrar los párpados, desviar la vista. Como si con sus dedos huesudos y firmes la hubiera agarrado por la cintura, así los ojos implacables e inexorables del hombre sostienen, agarran, aprietan la mirada de Erzsébet. ¿Cómo mira? Sin curiosidad, sin ternura, sin burla ni benevolencia. Pero tampoco es hostil, más bien distante y atento. Erzsébet piensa que probablemente en algún lugar del norte, en el océano Ártico, los seres vivos, osos polares y cazadores, se miren de esa manera.

Y ahora que lo piensa, siente que va por buen camino y comprende esa mirada, como si el ruso no fuera un soldado... Claro que lo es, pero de forma distinta a la mayoría de los soldados, que en la vida civil son zapateros o torneros y un buen día les ponen un arma en la mano y les dicen: ahora sois soldados. Es un soldado, pero como si tuviera una dilatada experiencia con situaciones semejantes —encontrarse solo en un sótano de una ciudad extranjera, entre alemanes; o, si se quiere, en una cueva quizá llena de fieras, sombras y fantasmas, peligros invisibles aún más alarmantes—. No desprecia el peligro, aunque tampoco se asusta. Simplemente está preparado para cualquier eventualidad.

Tiene el arma al alcance de la mano, puede cogerla y usarla al menor ruido o movimiento sospechoso. En todos sus gestos hay premeditación, distinción, elegancia: en la manera en que ahora se sienta sobre un catre, lentamente, como poniéndose en cuclillas —el mismo gesto con que entró en el sótano, como si caminar y descansar fueran dos situaciones que requiriesen estar igualmente alerta—, en la forma en que encoge las pantorrillas bajo el catre, en el gesto con que introduce una mano bajo la casaca y saca una pitillera de alpaca, se la tiende a Erzsébet y luego él mismo saca un pitillo, extrae el mechero, le da fuego a ella y enciende también su propio cigarrillo. Pero esa elegancia no se parece a la afectación, ademanes y poses de la gente que Erzsébet frecuenta. Es la elegancia de un espíritu libre habituado a comportarse y actuar a su aire en una vida llena de peligros, según sus propias leyes, sin que lo cohíban prejuicios, reglas o convenciones. Y observa.

Sólo un hombre que vive al aire libre puede mirar así. Quien se pasa la vida dentro de una habitación tiene la vista habituada a otras dimensiones y mira de forma distinta. Pero este cazador, que es además soldado, está acostumbrado a que sus ojos no choquen contra los límites y obstáculos de los paisajes urbanos; los marinos y quienes viven en grandes espacios desiertos miran igual. Es una mirada severa.

Y la de este ruso sentado frente a Erzsébet trasluce que no confía en nadie. Debo apaciguarlo, despertar su confianza, piensa ella febrilmente, debo hablar con él. Y vuelve a olvidársele que, al no hablar ruso, es incapaz de comunicarse con el desconocido. Sin embargo, como si hubiera un lenguaje común a los humanos, una misteriosa forma de comunicación más sencilla y general que el esperanto, le habla con fluidez, abiertamente:

—Hace un rato aún estaban aquí. Se fueron al edificio vecino. Pero no te apresures en seguirlos, descansa. —Y como el ruso no contesta ni se mueve y sólo sigue mirándola con aquella expresión grave, sin un pestañeo, añade—: ¿No me crees? Claro, no puedes creerme. Vienes de un país extranjero, de muy lejos, de la guerra. Y nosotros somos enemigos para ti. Al menos eso piensas, que somos todos enemigos. Pero no es cierto. Yo por ejemplo he estado esperándote con impaciencia. Y mucha gente a quien no conoces. Los fascistas se fugaron, huyeron al extranjero, pero nosotros, los que nos quedamos, os estábamos esperando. No puedes imaginarte lo mucho que os esperábamos.

El ruso escucha. En silencio, inclina la rubia cabeza hacia delante, como si así entendiera mejor las palabras de la joven.

—Créeme, por favor —agrega ella. La mirada, el obstinado silencio, la extraña tensión que irradia la atención concentrada y la evidente desconfianza del ruso, todo eso la desconcierta. Ya veo que no resultará tan fácil apaciguarlo, piensa. Tal vez mi voz no suene sincera. Así que, cambiando de tono, casi susurrando con cálida empatía, como quien quiere tocar íntimamente a alguien, continúa—: No puedes creerme porque no me conoces. He estado viviendo con nombre falso, tuve que esconderme de los alemanes. ¿No me crees?... Mira, aquí están mis documentos. Son falsos —aclara, mientras con manos nerviosas rebusca en el bolso los papeles de Erzsébet Sós para tendérselos.

Pero el ruso no los coge, ni siquiera se mueve, sólo sigue fumando su cigarrillo. A través del humo, por encima del pitillo sostenido entre sus pálidos dedos, mira con gravedad y cierto matiz burlón a Erzsébet y sus documentos. Está claro que lo entiende todo, que entiende lo que pretende la joven, se hace cargo de la importancia de aquellos papeles y la situación lo divierte.

En ese momento, ella siente el sutil desprecio del ruso. No le interesan mis papeles, piensa impotente, ni si soy fascista o una partisana perseguida, nada de eso le importa... Seguramente ya ha vivido muchas situaciones parecidas; no habrá llegado aquí, hasta el sótano de una casa de Budapest, desde la lejana Rusia o desde algún lugar a orillas del mar, sin haberse encontrado con gente que le ha mostrado con fervor sus documentos, justificándose con un apremio cargado de remordimiento. Todo eso ya no le importa, le trae sin cuidado, concluye, y con gesto precipitado, avergonzada, devuelve al bolso los papeles de Erzsébet Sós.

El mar, piensa de pronto. Qué curioso, este hombre huele a mar, igual que una foca huele a grasa de pescado. Cierra el broche de su bolso y pregunta sin más preámbulo:

—¿Eres ucraniano? —El hombre niega con la cabeza—. Entonces, ¿de dónde eres?

El ruso tira la colilla y la aplasta bajo una de sus grandes botas. Luego, alzando la mirada hacia ella, dice en tono solemne y apagado:

—*Sibirien.*

—Ah, siberiano. —Y enseguida, un poco ingenua, como queriendo reparar algo, añade—: Qué bien.

El ruso asiente con aire reservado, con la seriedad de un niño grande. Como si estuviera de acuerdo con ella y hubiesen llegado a un punto crucial de la conversación: el hecho de que él sea siberiano parece revestir gran importancia.

Ese aire solemne y un poco infantil anima a Erzsébet. Por fin han coincidido en algo. Por lo visto considera muy importante habérmelo dicho, piensa. Es muy significativo para él ser siberiano. Parecía que me anunciara una gran noticia.

—Está muy bien que seas siberiano —comenta, y para sus adentros se dice: no debo renunciar a amansarlo, no debo perder ni un minuto. Debo convencerlo de que somos amigos, y entonces no me hará daño, porque seremos amigos. De eso depende todo.

De modo que a toda prisa, para no dejar pasar esta fugaz oportunidad de trabar amistad, añade:

—Yo soy húngara y nunca he estado en Siberia. Lo siento, sabemos poco sobre Siberia, sólo los lugares comunes, por ejemplo, que allí hace mucho, mucho frío. ¿Entiendes?... —pregunta separando las sílabas.

El ruso sonríe y su pálido rostro parece aún más claro.

—*Zimá*—replica en tono irónico y amistoso, y asiente con la cabeza, como si la conversación lo divirtiera.

Erzsébet cree que la ha entendido y trata de continuar con la asociación de ideas. Es importante aprovechar cada posibilidad de crear un vínculo con el desconocido.

—*Zimá*, frío, sí —dice animada, como si ese descubrimiento pudiera facilitar el entendimiento entre ellos—. *Zimá*; en húngaro decimos *zimankó*. Ya ves, conocemos vuestra lengua. Tenemos muchas palabras de origen eslavo. A mi padre lo hemos ocultado en un sótano sellado para que no lo encuentren los alemanes —agrega.

El ruso no se inmuta. Erzsébet se dice que sólo un cazador puede mirar con tanta atención, antes de apuntar a su presa. Y experimenta un escalofrío.

El ruso desvía los ojos y la joven sigue con esperanza su mirada que se aleja. No será fácil, piensa, y el corazón le palpita. No será fácil amansar a este hombre. No es que sea desconfiado, es que simplemente no se fía de nadie. Tendría que darle algo... Entonces repara en una botella de *pálinka* que los carboneros dejaron sobre un baúl. Se pone en pie, la coge y se la tiende junto con un vaso no muy limpio.

—*Pálinka* —le dice—. ¿Quieres?

Sin esperar respuesta, llena el vaso con el licor dorado. Con la botella en una mano y el vaso en la otra, se acerca al ruso sonriendo con fingida diligencia, demasiado afable y afectuosa. Él se pone en pie, coge el vaso que le tienden y, con un gesto sorprendente, lo alza. Entrechocando los talones y adoptando una postura solemne, ha elevado el vaso hacia ella, como también suele hacerse en Hungría. Resulta algo un tanto provinciano, pero en absoluto ridículo.

Erzsébet asiente cortés, sin soltar la botella; el ruso apura la bebida echando atrás la cabeza, serio y con los ojos cerrados. Luego devuelve el vaso a Erzsébet, se seca los labios finos y sin bigote con el dorso de la mano, hace un ademán con la cabeza y se sienta. Ahora está sonriendo.

Estupendo, piensa Erzsébet. Ya está. Somos amigos.

—¿Quieres más? —pregunta, y de nuevo sin esperar respuesta le llena el vaso—. Bebe... Vienes de lejos y has pasado frío. Aunque si eres de Siberia estarás acostumbrado... —añade con ironía.

El ruso no deja de sonreír, al parecer ya un poco achispado. Su pálido rostro se sonroja, sus ojos grises brillan.

Lo he conseguido, se ufana la joven, y entonces se sienta a su lado, con la botella en la mano, y alza los ojos para mirar a ese hombre alto.

—Ahora saldremos juntos, ¿verdad? —le dice—. Me ayudarás a cruzar enfrente, al otro lado de la calle. —Señala con la botella en esa dirección.

Él no contesta. Evidentemente el *pálinka* está surtiendo efecto, ha bebido un vaso grande, de los que se usan para el agua; no está borracho, pero el ardor del alcohol circula por su cuerpo, por sus venas. Sus ojos grises destellan, su rostro se ha contraído en una involuntaria sonrisa fija.

A ella no le gusta esa sonrisa. Se dice que tal vez no ha debido darle alcohol. Que a lo mejor ha bebido con el estómago vacío, y eso siempre sienta mal... Mira alrededor. ¿Qué podría ofrecer de comer a su huésped? En un plato hay pan, un trozo de queso mordido, una especie de salchicha. Extiende la mano para cogerlo, pero en ese momento el ruso, con un rápido movimiento —como el cazador o el depredador al agarrar a su presa—, extiende la suya y aferra el brazo desnudo de Erzsébet.

El contacto de su mano es frío y rígido. Toca a la joven de forma distinta a la mano consoladora del profesor, cuando un poco antes le pidió que se quedara. Los dedos blancos le aprietan el antebrazo con fuerza implacable. Erzsébet no es capaz de ponerse en pie, siente que las fuerzas la abandonan. ¿Qué significa esto? ¿Qué ha pasado?... ¿He cometido un error? ¿Acaso no tiene hambre?

—Bien, pues entonces no comas —dice con labios temblorosos—. Creía que tenías hambre. ¿No?... Suéltame —pide en voz baja, recordando que no está sola, que a sus espaldas se encuentra el inválido. El temblor que la ha estremecido al sentir la presión de aquella mano se agudiza, incontrolable. Los dientes le castañetean, como en un violento acceso de fiebre—. Te digo que me sueltes —susurra, como si lo más importante fuera que el paralítico no se entere del giro de los acontecimientos. Es un susurro íntimo, igual que si los dos, el ruso y ella, mantuvieran una relación clandestina—. No me aprietes así el brazo. ¿Qué quieres?...

Ambos se ponen en pie. El ruso le saca una cabeza, así que ella se ve obligada a alzar la mirada. A la tenue luz sólo ve la frente pálida del hombre, el cabello suave y plateado y los ojos grises que ahora la miran con fijeza desde arriba... Fijamente, pero con un reflejo distinto. Ahora brillan como extrañas y parpadeantes luces en la oscuridad. No dice ni una palabra, pero tampoco la suelta.

Ya sé lo que quiere, piensa la joven de pronto, comprendiendo. Y en ese instante su cuerpo deja de temblar nerviosamente. Se echa atrás y libera el brazo de un tirón. La botella de *pálinka* se hace añicos contra el suelo. El aire se llena de un olor acre y fermentado. El ruso se inclina y con una mano sujeta el hombro de Erzsébet y la obliga a quedarse quieta.

—Estás loco —dice ella alzando la voz—. ¡Suéltame!

Ya no tiene miedo. Como cuando uno se enfrenta a algo imposible, absurdo, como cuando en sueños cosas familiares se transforman en algo inquietante y monstruoso (a una cara angelical le crece una barba hirsuta, un rostro amado se contrae en una mueca horrible), y la persona que sueña siente una alegría maligna y soberbia al ver que al final desenmascara lo que era familiar e íntimo. Del mismo modo, ahora que el ruso la ha agarrado por la muñeca, ya no le tiene miedo.

—Pero ¿qué te has creído? —le espeta—. ¿Cómo se te ocurre?

Mas el hombre no se inmuta. Parece conocer esta reacción y que no es la primera vez que le ocurre. Permanece tranquilo, indiferente, distante. Ahora sujeta a Erzsébet con ambas manos; no la abraza, sino que, sosteniéndola por los hombros, la obliga a volverse hacia él y quedarse quieta. Ella no puede oponerse a la fuerza y la voluntad de esas manos. Están uno frente al otro, el rostro del ruso sobre el de ella, que levanta la vista para mirarlo. Qué joven es, piensa, y qué serio... Porque esa cara desconocida no revela ninguna excitación, ninguna lascivia. Su semblante pálido sigue grave y triste: y esa tristeza, esa seriedad muda son más terribles que una sonrisa lujuriosa. Se inclina sobre Erzsébet, no pide nada, sino que se limita a coger lo que quiere; él también obedece, con seriedad e impotencia, a un impulso que se ha apoderado de todo su ser.

Y la expectación que hasta entonces ha dominado a Erzsébet se nutre de esa gravedad y tristeza. Tal vez si el ruso gritara, implorara, ordenara o amenazara... quizá no sería tan aterrador.

Pero no habla, sólo permanece inmóvil. Sus manos aferran los hombros de Erzsébet. Sus ojos grises la miran con fría calma. Y es como si esa figura que ha entrado en el sótano trayendo a Erzsébet una situación nueva, con ese silencio dijera algo más horrible que una amenaza explícita. Con ese silencio no se puede discutir. Si no abre la boca, piensa la joven, entonces es que no tengo escapatoria.

—¡Di algo! —grita, y le da un súbito puñetazo.

Al ruso le empieza a sangrar la nariz. Pero su alta figura sigue inmóvil, sujetando a Erzsébet, como una máquina con apéndices de acero, y ni siquiera se inmuta por estar sangrando.

—¡Di algo! ¿Por qué no dices nada? ¡Di algo! ¡Pide, explica qué quieres!

Todo sería mejor y más sencillo si el ruso hablara. Unas pocas palabras, una voz, e inmediatamente se podría discutir, suplicar, explicar... La situación se volvería de nuevo humana si el ruso empezara a hablar. Con un hombre que amenaza se puede discutir, pero con un hombre que no dice nada —y Erzsébet siente en todo su cuerpo que el ruso no guarda silencio por maldad u hostilidad, sino por tristeza e impotencia, con la extraña impotencia del soldado que calla en presencia de sus superiores, o de todos los que guardan silencio y ejecutan órdenes irrevocables, impartidas por el poder, el cuerpo o los instintos—, con un hombre así es imposible discutir.

Y de pronto oye un chillido estremecedor, como de un niño o un cochinillo sacrificado. Resuena en el sótano. Soy yo quien ha gritado, piensa sorprendida. El ruso le tapa la boca con la mano. El chillido se apaga, se extingue por falta de aire. Y entonces él la alza con una sola mano, sin dificultad, como si se tratara de un objeto, la tumba en el catre cochambroso y se deja caer encima.

Su enorme cuerpo parece ingrávido. Erzsébet siente dolor y percibe un olor a colonia dulzón, ridículo, que le recuerda las peluquerías baratas de las afueras. Qué curioso, usa colonia, se dice incongruentemente. Pero el dolor es muy intenso. Con los ojos cerrados, echa atrás la cabeza sobre la almohada, porque las náuseas que siente son peores que cualquier otra cosa. Recuerda la vez en que sufrió el mal de mar, en un barco ante Lovran. Y empieza a vomitar.

Vomitar la alivia. Debería haberlo hecho antes, piensa entre arcadas, de inmediato, en cuanto me agarró por los hombros. A lo mejor entonces no me habría hecho daño... Pero sabe que no es así. Sabe —ya lo sabía antes, cuando aquel dolor agudo, ardiente y lancinante inundaba su cuerpo— que no había remedio, ni palabras, ni acciones, ni vómitos ni peleas, nada que pudiera ayudarla. En el momento en que ese cuerpo masculino se echó sobre ella, enorme y pesado aunque en la proximidad del abrazo pareciera ligero, supo que no había remedio porque en ese instante el hombre no estaba haciendo o cometiendo algo, sino simplemente ejecutando una orden, una especie de sentencia visceral.

Lo sabíamos los dos, pero curiosamente no me ha besado. Tal vez porque le sangra la nariz... piensa con los ojos cerrados.

Siente un pañuelo en torno a su boca; con gesto cauteloso, torpe y tierno, el ruso le está limpiando los restos de vómito del rostro y el cuello.

Límpiame si quieres, piensa Erzsébet, qué importa ya. Tú vuelves a Siberia y yo me quedo. Puede que enferme o que me quede embarazada. Vuelve a tu casa, vete lejos, a Siberia, donde hace frío, mucho frío, *zimá, zimankó*...

Siente la mano del ruso en la frente. El contacto es torpe, tímido. Al menos no me pidas perdón, y aun menos te pongas tierno, piensa Erzsébet asustada, ahora no se te ocurra mostrarte cariñoso... Es consciente de que esa caricia es lo máximo que podrá soportar.

Permanecen así, ella echada en el catre y con los ojos cerrados, el ruso en el borde, con la mano que huele a colonia en la frente de Erzsébet. Durante un rato nada perturba la tranquila escena. Un idilio, piensa Erzsébet torciendo el gesto, como cuando a uno se le ocurre una idea penosa y esboza en respuesta una mueca involuntaria. Un idilio en toda regla, el perfecto ambiente del *après*. Que no me enseñe fotos, los retratos de su madre y su hermana, porque no lo aguantaría... O peor aún, la foto de su novia o esposa. Pero no, no tiene esposa, decide. Vive en el norte. Es un cazador u obrero siberiano. Un buen muchacho.

Con los ojos cerrados, Erzsébet escucha su propio cuerpo, se inclina sobre sí misma, como para obtener respuesta a cuanto en ese momento su razón no sabe o no se atreve a formular con palabras. Pero su cuerpo, observa asombrada, está sereno. No oye ninguna queja indignada, ninguna protesta, ningún grito emitido por ese cuerpo violentado y trastornado. El dolor y las náuseas aún circulan por su organismo, como la sustancia de una inyección por el sistema circulatorio. Pero el dolor está remitiendo y la náusea es más leve, más difusa.

Mi cuerpo no dice nada, constata. El dolor está pasando, las náuseas se diluyen y este hombre no se quedará aquí por mucho tiempo. Tendrá que irse muy pronto. Debe ocupar el edificio vecino, la calle. Luego, el resto de Pest y Buda. Después tendrá que continuar, conquistar las ciudades más allá del Danubio, y Viena y Berlín. Desde luego, tiene mucho por hacer, se dice medio dormida, con infantil admiración. Porque el hormigueo en que se diluyen el dolor y la náusea le produce el efecto de un somnífero. Siente el pesado sopor que precede al sueño; escucha su propio cuerpo y reflexiona. Sin duda es peligroso ocupar Budapest, Viena y Berlín. Y también debió de serlo llegar hasta aquí, entre tanques y cañones. Es muy joven, está triste, no habla mucho. La gente del norte es poco habladora. ¿Qué ha dicho? *Niemetski, zimá, sibirien* y *poniemaiu*. ¿Qué significa esto último? Al decirlo asintió, como si asegurara que entendía algo, que todo estaba bien.

—*Poniemaiu!* —exclama entonces y se incorpora, mirando al ruso con ojos desorbitados. Aunque estaba medio dormida, ya se ha espabilado.

Él la observa asombrado, con aire inquisitivo, y repite indeciso:

—*Poniemaiu?* —Su voz es ronca, vacilante.

Se miran. Debería arreglarme la ropa, piensa ella, extendiendo la mano en un gesto inconsciente. Pero el movimiento se extingue a medio camino. A fin de cuentas, todo recato resulta superfluo. ¿Cómo me verá con sus ojos? Monstruosa, se dice con satisfacción. Llevo cuatro días sin lavarme, ni siquiera la cara. Estoy manchada de vómito, desgreñada. Tengo las manos sucias y pringosas. Hace diez días que no me cambio de ropa interior. Sin duda apesto, concluye casi aliviada, como con desagravio. En cambio, él está limpio y aseado, quizá demasiado, como un galán recién salido de la barbería.

La constatación de su propio aspecto deplorable la colma de una satisfacción casi física. Debo de oler mal, estoy sucia, despeinada, quizá tenga hasta gusanos, no sé, en los últimos días no he tenido tiempo de pensar en estos detalles. Tengo el pelo pegajoso por la mugre. Las uñas... Alza las manos y las escruta. El ruso sigue con la vista los ojos de Erzsébet. Las tiene como se las imaginaba: con una capa de negra suciedad bajo las uñas. Pobre hombre, se apiada de repente con sincera compasión, esto es lo que ha recibido, este cuerpo impresentable. Este cuerpo maloliente, este pelo desgreñado, esta mujer macerada en la suciedad de veinticuatro días de asedio. ¿Para eso ha venido de Siberia, nada menos? Claro que no... Pero entonces, ¿por qué lo ha hecho? ¿Qué quería de mí? ¿Qué podía darle? ¿Qué podía significar para él? ¿Por qué lo ha hecho? Si ésta no soy yo... Ni siquiera es Erzsébet Sós, esa chica guapa y aseada, de veintitrés años, con pechos hermosos y ojos azules. Y yo ¿dónde estoy?... Seguramente en alguna parte debajo de estos trapos, de este cuerpo repulsivo; muy lejos. Qué hombre más modesto, conformarse con esto... Y se mira acongojada las manos, las piernas enfundadas en medias surcadas de carreras. Y él, en cambio, con el pelo bien cortado y lavado a conciencia, incluso ahora durante el asedio. Parece un galán. Huele bien, a hombre limpio. Ni el tabaco ni el *pálinka* apestan en su boca porque es joven y su aliento también es sano. Seguramente vivía en el bosque o junto al mar. Aún tiene restos de sangre en la cara porque lo he golpeado. Ha venido desde muy lejos y me ha traído... ¿qué? Erzsébet se queda pensativa. Reflexiona, busca una palabra, un término familiar, como si buscase un objeto guardado con prisas. Pero ya no da con la palabra. No sabe decir qué le ha traído el ruso.

Lo único que sabe es que no le guarda rencor. Más bien se compadece. ¡Menuda necesidad apremiante la suya!, piensa con ironía. Similar al tormento de los hambrientos o sedientos, que igual comen carroña o beben agua de los charcos. Hace unos días trajeron al sótano carne de un caballo muerto, la asaron y se la comieron sin rechistar, pero yo no probé esa carroña. Sin embargo, este pobre chico acaba de hacerlo. Merecía algo mejor. El que come de un cuerpo como este mío debe de estar desesperado, de lo contrario no lo haría. Me está mirando desconcertado. ¿Qué significará *poniemaiu*? Quizá «entiendo», o algo por el estilo... Entiendo, sí, entiendo. ¿Qué pasará ahora? ¿Qué me darás como recuerdo? ¿Una foto, diez rublos, pan? Hace dos días que no como pan...

Constata con alegre estupor que tiene hambre. Estoy muerta de hambre, se dice, y de nuevo sus labios se tuercen en un gesto extraño, una risa nerviosa. Porque realmente está hambrienta; como si ésa fuera la reacción de su cuerpo ante lo sucedido. El hambre le retuerce el estómago, le hace crujir las tripas. Con un gesto súbito, extiende una mano hacia el plato donde hace poco había pan y queso. Tantea hasta dar con el mendrugo reseco. Sentada, se pone a masticarlo vorazmente.

El ruso la observa con la cabeza ladeada, asombrado. Erzsébet le devuelve la mirada. Los ojos asustados del hombre, su expresión de sorpresa y alarma, le causan tan penosa impresión que se echa a reír.

—Sólo tengo hambre —explica con la boca llena.

El ruso asiente y de nuevo con la misma premura torpe —como un adolescente que pretende reparar una incorrección— rebusca en sus bolsillos, saca unos trapos y encuentra entre ellos una bolsita de papel, que entrega a Erzsébet con gesto tímido.

—¿Qué es? ¿Un regalo? ¿Caramelos duros? Qué bien. —Y vuelve a reír.

El ruso, lleno de gratitud —porque Erzsébet le habla y acepta los caramelos—, asiente con entusiasmo y dice con voz ronca:

—Da, da. Sájar.

Erzsébet ríe con la boca llena, con el pan duro y los caramelos pegajosos en la mano.

—Qué amable eres. De verdad, atento y cariñoso. Muchas gracias. —Y deja caer la bolsita en el regazo. De pronto, se siente agotada. Al echarse atrás sobre la almohada mugrienta, el mendrugo se le cae. Se tapa los ojos con el antebrazo. Y así permanece tumbada.

Oyen unos pasos cerca. Ella percibe que el ruso —sin hacer ruido, con la destreza de una fiera acechante, con gran sigilo— se pone en pie ágilmente y agarra el arma. Combate bien, piensa Erzsébet, es tu trabajo... Te queda aún mucho por hacer antes de irte a tu fría Siberia. Combate bien. Aún te esperan muchos sótanos. No lo ve, pero siente que el hombre está allí, con el arma en la mano; nota el desconcierto del ruso y su alerta amenazadora.

Le gustaría irse y también quedarse. Está desconcertado porque debería luchar pero no sabe qué hacer conmigo. Vete sin despedirte. Luego también me iré yo. Todos nos iremos de aquí, del infierno, saldremos a la calle y viviremos como podamos, reflexiona medio dormida. Ahora ya nada le parece urgente, es una sensación cruel y terrible. Un día me daré un baño largo y caliente, me lavaré el pelo. Si tengo gusanos me desinfectarán. Iré al médico. Si estoy enferma me curarán, muchos amigos de mi padre son médicos. Y si me he quedado embarazada... se lo diré a Tibor. Para todo habrá su tiempo. Pero ahora vete ya, por favor, le implora mentalmente. Desea con todas sus fuerzas que el ruso desaparezca, que se largue de una vez.

Abre los ojos y ve que él está mirándola con expresión perpleja. Entonces desvía la vista y la fija en la entrada del sótano.

—¿Tienes miedo? —le pregunta en voz baja, pero el ruso no contesta; evidentemente sigue sin entender ni una palabra. Entonces añade con u susurro quedo—: Vete. —Y con gesto lánguido extiende hacia él su sucia mano.

Nota que se sonroja, porque ese gesto indolente —el primero de esta índole desde su encuentro— es femenino, dedicado especialmente a él. El ruso lo comprende. Su semblante se ilumina, expresa una turbación ingenua. Abre los labios con gesto infantil, como queriendo decir algo. Con la punta de los dedos, muy suavemente, coge la pringosa mano de la joven —como si fuera un objeto o un pajarillo caído—, se inclina y la mira. Luego se la aprieta y finalmente vuelve a colocársela sobre el pecho.

Se vuelve y se va, sin mirar atrás. A la entrada del sótano se pone en cuclillas, empuña la metralleta con ambas manos y escruta la oscuridad. De nuevo se oyen disparos, no muy lejos. El ruso se cala el gorro, se agacha y encogiendo los hombros desaparece en la penumbra del pasillo. Erzsébet se queda inmóvil. El regusto del dolor, las náuseas y el hambre se entremezclan con la extraña indiferencia del cansancio, nunca antes sentida ni experimentada. Debería dormir, se dice. Dormir profundamente, luego levantarme y bañarme. Pero ahora no puedo dormir, porque ya estoy libre. Y de nuevo siente esa sonrisa penosa que cobra vida en sus labios, como hormigas que avanzaran sobre la cara de alguien dormido. Las manos tantean y encuentran la bolsita de caramelos que acaba de darle el ruso. La levanta con gesto distraído y la aprieta contra su pecho. Permanece un buen rato así.

Muy cerca resuenan tres disparos; luego vuelve el silencio. Los pasos se han alejado. Ya podrían venir, piensa. Y de pronto, con gran estupor se pregunta: ¿Venir? ¿Quiénes? ¿Los que abandonaron el sótano? ¿O los rusos? ¿O los alemanes? ¿O los conocidos de antes, la gente en general? ¿Mi padre o Tibor?... Qué curioso, pero no espero a nadie, concluye sin inquietarse.

Todo da la impresión de estar tan vacío —no sólo el sótano, sino también la casa, la calle y la vida entera— que la soledad repentina tras la marcha del ruso parece derrumbarse con un retumbo sobre Erzsébet. Lo único que sabe es que no espera a nadie. Su padre tal vez esté vivo y un día volverá con sus estrellas. Tibor regresará alguna vez y entonces conversarán sobre el futuro y la fuerza moral... Pero es consciente de que todo eso no tendrá tanta importancia para ella como hace una hora. Como si todo, los proyectos y empresas que hace poco le parecían el único objetivo de su vida, de repente hubieran perdido sentido y valor.

Y cuanto hubo antes, la biología, la espera, la juventud. Y tanta esperanza puesta en la liberación... Pero si al final ha llegado, piensa apretando con más fuerza la bolsita. La liberación ya está aquí, la guerra ha terminado. Al menos la mía... Y ¿ahora qué? ¿Qué hago con lo que vendrá?

Aguza el oído. Siente una curiosidad tan intensa que debe de haber alguien en el mundo que pueda responder a su pregunta. Pero sabe que esa persona no existe en ninguna parte.

—¿Qué hacen las mujeres cuando les sucede algo semejante? —se pregunta—. Unas se suicidan, otras se casan o van al médico... Porque ha sucedido —recapacita con calma—. Y ¿cómo ha sido? ¿Horrible? No, horrible no. ¿Ha dolido? Eso sí, pero era un dolor familiar, un dolor de mujer... Sí, desagradable, aunque no tanto. ¿Repugnante? Tal vez lo más repugnante fue haber estado tan sucia. ¿Ha estado bien? Qué va, sólo he sentido dolor y náuseas. Entonces... ¿qué ha sucedido en realidad? —pregunta, y solamente ahora se percata de que lleva un buen rato hablando sola, casi en susurros.

En ese instante, al oír su propia voz, recuerda que no está sola. El profesor sigue en el rincón. Y al punto la joven se sonroja. Se levanta de un brinco, se alisa la ropa y se arregla el pelo. Le arde la cara. ¿Qué siente? ¿Pudor, vergüenza? Siente arder en todo el cuerpo una rabia tremenda, como si aquel tullido tuviera la culpa de todo. No está resentida con el ruso, tampoco consigo misma, aunque aún no sabe por qué. Pero ese hombre, ¿por qué no ha dicho nada? Si hubiera tosido o se hubiera incorporado, si se hubiera acercado, si el siberiano se hubiera dado cuenta de que no estaban solos... Pero no, el muy cobarde, tan prudente y listo, no ha dicho ni palabra.

Desgraciado, lo maldice Erzsébet con el rostro ardiendo de ira creciente. Menudo calculador, cobarde, lo ha presenciado todo y no ha intervenido, se ha quedado agazapado en su rincón.

Se acerca al reflector, lo coge y se encamina hacia el camastro de aquel cabrón y lo ilumina. Pero de pronto se desinfla, le pesa la mano, baja el reflector y lo deja en el suelo. El hombre está sentado, inclinado hacia delante, cabizbajo, el rostro oculto entre las manos, como si rezara o meditara. Está sentado así, con el gesto ensimismado del que reflexiona o reza. No alza la vista ni se mueve, como si no pudiera ni quisiera que Erzsébet lo mirara a los ojos, como si se avergonzara u ocultara algo... Ella intuye que no se avergüenza de lo que ha sucedido, ni de su propia mezquindad o impotencia, sino de otra cosa, de otra...

De pronto lo comprende e, igual que antes —cuando el ruso la sujetó con ambas manos y un temblor frío le recorrió el cuerpo—, también ahora se echa a temblar, siente escalofríos, los dientes le castañetean. Se avergüenza de algo, por eso se cubre la cara, piensa. Se avergüenza de ser humano.

Tras este pensamiento, el temblor remite. Se acerca y con ambas manos, con gesto sereno, separa las del inválido, nervudas, huesudas y blancas, de su rostro. Él la mira con ojos cálidos. Durante un rato permanecen así, mirándose.

—Creo que ya puedo irme —dice ella al cabo.

—Si lo desea, ahora puede irse, sí —asiente él.

Erzsébet rebusca en su bolsa, extrae un pañuelo, lo humedece con colonia y acaba de quitarse los restos de vómito de la cara. Él se cruza de brazos y la observa limpiarse el rostro y peinarse.

—¿Necesita algo? —pregunta ella con el peine en la mano, volviéndose apenas.

—No, gracias. Ya vendrán a buscarme. —Y señalando la entrada del sótano, añade—: Ya están aquí.

Entra el encargado de la comunidad, acompañado de dos rusos. Erzsébet coge su bolsa, se dirige tranquilamente hacia la salida y pasa entre ellos. La seguridad con que avanza, la indiferencia que manifiesta al no mirarlos, obliga a los rusos a apartarse de su camino: cruza el umbral del refugio como entre dos guardias que le presentaran sus respetos.

Estos rusos son distintos, piensa al salir, más bajos y desaliñados. Oye sus voces excitadas a su espalda, el encargado de la comunidad explica o señala algo, los rusos hablan atropelladamente, hacen preguntas.

Pero ella ya avanza por el pasillo rumbo a la escalera. Se topa con dos cadáveres y pasa por encima. Tal vez se trate del técnico dental, el dentista judío, quizá uno de esos cuerpos sea el suyo, pero no se vuelve. Sortea otros cadáveres, ágil y ligera. Alrededor se mueven veloces sombras: rusos con capotes invernales blancos y, entre los vecinos que habían huido a la casa vecina, algunas figuras conocidas. Reconoce al consejero general de correos, que se apresura al lado de un ruso envuelto en su capote blanco y grita jadeante, entusiasta:

—*Tovarich*, por aquí, sígame, *tovarich*...

Los seres vivos del hormiguero subterráneo están ahora inmersos en una actividad frenética. Nadie detiene a Erzsébet. Va pasando por encima de más cadáveres, hasta llegar al zaguán. Ahí se topa con los carboneros; están sentados en los peldaños y ya brindan junto a dos rusos, a quienes pasan una botella de *pálinka*, e invitan a los huéspedes.

La puerta del edificio se halla abierta, una claridad grisácea ilumina la calle. Está amaneciendo, constata Erzsébet. Avanza con paso firme, como si caminara en dirección a una meta final precisa y alentadora. Pero su corazón está vacío. No ve ninguna meta.

Ve la calle devastada por los azotes del asedio, recubierta de cristales y cascotes a la fría luz de una mañana de enero, cubierta por una especie de sábana cochambrosa. Ante el edificio, a un lado, hay un tanque volcado; enfrente, a pocos pasos, donde vive el sabatario, un automóvil arde envuelto en una danza oscilante de llamas verdosas y rojizas. En la esquina de la calle retumba un cañón y tabletean las metralletas. Ya van por allí, piensa Erzsébet como si fuera una experta, por el tercer edificio, para el mediodía la calle estará libre.

¿Y yo?, se dice, deteniéndose. Se queda de pie en la calle desierta, rodeada de casquillos de balas, el cuerpo destrozado y saqueado de un caballo, un cadáver, ladrillos y fragmentos de vidrio. Yo también estaré libre, se contesta, a mediodía o cuando sea...

Da la impresión de que no le interesa nada más; mira alrededor perpleja y desorientada. El paisaje urbano familiar está envuelto en humo y llamas.

¿Cuándo podré empezar a hacer uso de mi libertad?, se pregunta, sintiéndose incapaz de continuar. ¿Cómo será la libertad?

Mira la niebla, el humo y el fuego. Y luego repara en un cuerpo que le corta el paso. A la luz grisácea de la mañana y rojiza por el fuego reconoce al ruso. Está boca arriba, con la mano derecha sobre el pecho, como protegiéndose, igual que un niño sumido en un sueño profundo. Tiene extendido el brazo izquierdo, con la metralleta aún al alcance de la mano. Y el gorro con la estrella soviética también yace cerca, en la nieve. El cuerpo está tendido recto, como si lo hubieran amortajado. Tiene el rostro ensangrentado. Erzsébet se inclina sobre él, se arrodilla a su lado, le toca la cara con las manos desnudas. El joven ruso está aún caliente. Un tiro en la frente, sobre el ojo izquierdo, constata la joven. Saca el pañuelo rociado con colonia y empieza a enjugarle con esmero las manchas de sangre alrededor de los ojos.

Nieva suavemente. Mientras acaba de limpiar aquel rostro, piensa que quizá en Siberia ni siquiera presten atención a una nevada tan leve. Allí el frío es distinto, *zimá*... Y de pronto experimenta una calma infinita. Bueno, pues así son las cosas, se dice. Y como si todo estuviera en orden —la guerra y cuanto ha sucedido, el ruso muerto y ella misma, que ya es libre pero no puede hacer nada con esa libertad, ni ella ni los demás, ni el tullido allá en el sótano, ninguno sabe qué hacer con la libertad, porque son seres humanos—, como si esa situación, esa calle en llamas y ese cadáver en plena calzada, que le resulta al mismo tiempo tan conocido y extraño como jamás nadie en su vida, como si todo eso estuviera en orden, pues, Erzsébet se levanta y con gestos lentos estruja el pañuelo ensangrentado.

Las gotas de sangre caen en la nieve. En la esquina, los disparos han cesado. Piensa distraída que tal vez hayan tomado todo el bloque. Ahora sólo se oye el crujir de las vigas del edificio en llamas.

Continúa allí un buen rato, observando la grisácea mañana y apretando el pañuelo ensangrentado.

La calle se halla desierta, la guerra se ha alejado. Por la esquina aparece un soldado ruso a caballo. Avanza despacio por los adoquines recubiertos de cristales rotos. En la tenue claridad, entre los escombros de aquella calle budapestina, el soldado avanza con tanta indiferencia como si, en lugar de hallarse en el extranjero, cabalgara por la orilla de un río de su patria, durante una batida de caza matinal. Jinete y caballo pasan junto a Erzsébet. Se trata de un hombre joven, de pómulos anchos y ojos achinados. Los cascos del animal hacen crujir los trozos de vidrio. El ruso lleva su metralleta con soltura, sus ojos rasgados observan el final de la calle, luego —con mirada distante y fría, propia sólo del que llega de muy lejos, no solamente en el espacio sino también en el tiempo y la vida— observa desde lo alto a Erzsébet y al muerto.

No dice nada ni hace ningún gesto con la cabeza, y un instante después ya se ha vuelto para mirar la lejanía. Cuando el jinete desaparece en la calle neblinosa, Erzsébet empieza a sentir frío.

—Bueno, parece que por fin soy libre —dice en voz alta.

Pero nadie contesta. Aún permanece allí de pie un rato más, desorientada. Tiene mucho frío. Finalmente, sortea el cadáver del ruso y con paso vacilante se dirige hacia la casa de enfrente.

Leányfalu, julio-septiembre de 1945